The gal is sitting behind me,
and loves me.
うしろの席のぎゃるに好かれてしまった。
もう俺はダメかもしれない。
number 3
no
izaki
いる同級生ぎゃ
性格だけど、嫉妬
深い一面も

The gal is sitting behind me,
and loves me.

チョコどーぞ。お返しのちゅー……は明日にとっとく。

Sandai
Fujiwara
藤原三代《さんだい》
成績超優秀ながら、ぼっちだった高校生。志乃と付き合ってから、容姿も変わり、日常生活も一変する！

彼氏は欲しいですけど、候補もいないなのです

The gal is sitting behind me, and loves me.

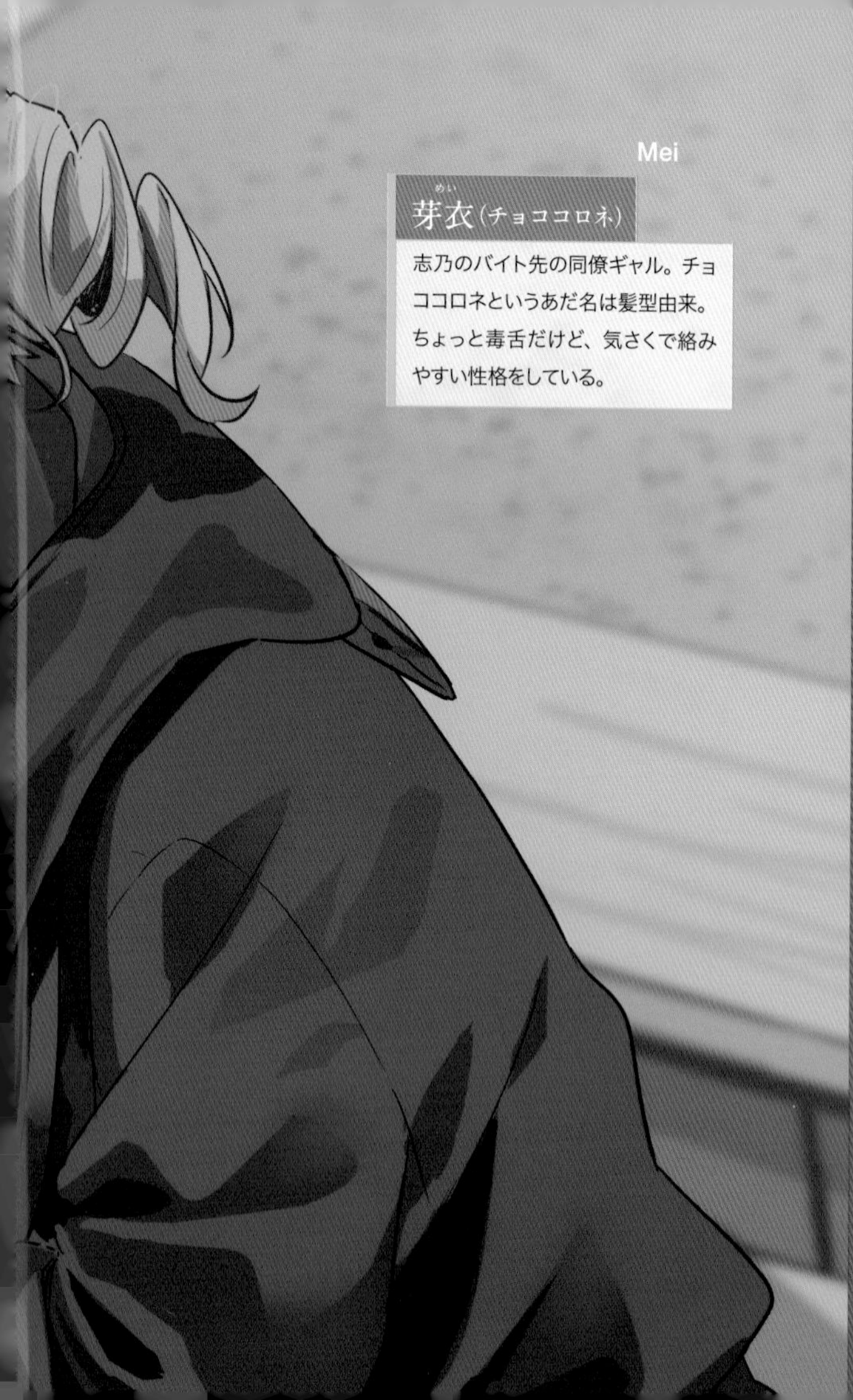

Mei

芽衣《めい》（チョココロネ）

志乃のバイト先の同僚ギャル。チョココロネというあだ名は髪型由来。ちょっと毒舌だけど、気さくで絡みやすい性格をしている。

The gal is sitting behind me, and loves me.

うん。怪我はないよ。二代が下敷きになってくれたから……

CHARACTER

Kayoko Nakaoka

中岡佳代子《なかおか・かよこ》

三代のクラスの担任で、化学教師。志乃のことを心配しており、三代を焚き付けた張本人

Shihouin

四楓院《しほういん》（委員長）

三代のクラスの学級委員長。融通が効かないところもあるが、憎めない堅物。志乃と相性が悪く、高砂には好かれている

Mahiro Takasago

高砂《たかさご》まひろ

志乃と三代のクラスメイト。大人しくて臆病。学級委員長の四楓院《しほういん》のことが好きで、相談を持ちかけられる

Hajime Saeki

佐伯《さえき》ハジメ

三代の水族館バイトの同僚。見た目がすごく女の子っぽいが男の子。三代に学校外でできた初めての友達

うしろの席のぎゃるに好かれてしまった。3
もう俺はダメかもしれない。

陸奥こはる

ファンタジア文庫

3300

口絵・本文イラスト　緋月ひぐれ

CONTENTS

目次

THE GAL IS SITTING BEHIND ME, AND LOVES ME. 3

プロローグ

藤原三代《ふじわらさんだい》と結崎志乃《ゆいざきしの》——ぼっちとギャルの凸凹《でこぼこ》カップルが籍を置くクラスの教室に、なんとも言えない重苦しい空気が充満していた。

修学旅行の行き先が唯一決まっていないクラス、という衝撃の事実が冬休み明け初日の始業式で発覚したからだ。

本来であれば、それは去年の秋に確定している事項であった。

だが、丁度その時期に三代と志乃の交際が露見し、全員の意識がそちらに向いてしまい……そうこうしているうちに学祭も訪れ、そこで色々と問題が起きたこともあって、全員の頭の中から完全に忘却されてしまったのだ。

そうして現在の状況となった。

要するに、元を辿《たど》れば三代と志乃の交際開始が原因なのだ。だが、決して二人が悪いわけではない。

勝手に驚いて必要な事項を忘れたのは、周囲の方なのだから……。

——どうすんだよ、これ。

——中岡《なかおか》先生が死んだ魚の目で窓の外眺めてるんだけど。

——委員長、脂汗浮かべて俯《うつむ》いたまま固まってるけど大丈夫？

——四楓院《しほういん》くん……。

——委員長こういうの責任感じるタイプだもんね。

——学祭でうちのクラスだけ中止になった時も、なんかそんな感じだったな委員長。まぁ俺らが忘れてたのも悪いんだし、委員長は責めなくていいだろ。

——待て、委員長にも責任はある。こういう話し合いの進行とかやる役職なんだから、忘れたらいけない立場だろ？　なら忘れた時点で咎人《とがにん》だ。中岡もな。

——そういう言い方しなくてもいいじゃん。

——なんでもいいけどさ、どうなんのこれ？　俺たちのクラスだけ修学旅行なし、とかになったら普通に嫌なんだが。

——決めるしかないでしょ。今から。

阿鼻《あび》叫喚《きょうかん》の渦巻く教室で、担任教諭の中岡は物憂《ものう》げな顔で窓の外を見つめ、委員長はぎゅっと口を結んで申し訳なさそうに俯いていた。

そうした中で――

「なんか大変そうな雰囲気だな……」

「修学旅行の行き先が決まってないんだって」

「そんなことになってるのか。まぁ俺は別にどこでもいいし、そもそも修学旅行に行けなくても構わないからな。クラスに友達いないしな」

「ふふ、三代はそうだよね」

「志乃は友達いるだろ？　話し合いに参加した方がいいんじゃないか？」

「や、あたしもどこでもいいし……その、三代と一緒に二人きりで行くなら希望とか要望出すけど、クラス全員で行く修学旅行でしょ？　どこに行っても同じような雰囲気ってゆうか空気ってゆうか……」

――三代は完全に傍観者として一歩引いていた。

志乃と二人きりではない修学旅行にはあまり興味がなく、万が一行けなくても特に問題ない、と考えているからである。

志乃も三代と同じ考えであるようで、クラス会議に参加しようとする姿勢も特に見せず、「んんっ」と伸びをしている。

こうした二人の態度は、周囲をさらに苛立《いらだ》たせる要因の一つともなり、クラスメイトたちが眉を顰《ひそ》めていた。

だが、三代と志乃の態度はいつものことでもあるので、クラスメイトたちの苛立ちはすぐに呆《あき》れに変わった。

こうした周囲の推移に、三代と志乃の二人が気づくことはなかった。

1月11日〜1月25日
三学期が始まったね。

1

時間というものは有限である。修学旅行の行き先を決める為《ため》に残された猶予も少なく、週末までに答えを出す必要があるそうだ。

クラスで一致団結すべき時である。

だが、普段から各々《おのおの》自由奔放な生徒ばかりのこのクラスが、キッカケもなく纏《まと》まることなどできるわけもなかった。

いつもならば、中岡と委員長がまとめ役をやるのだが、二人は自責の念からか頭を抱えて置物のようになっていた。

それがなおさら、話が進む気配が一向にない事態に拍車をかけている。気がつくと、期限である週末の金曜日があっという間にやってきた。

——海外も選べんじゃん。海外にしようぜ海外！

——それは去年の秋までにちゃんと決めてたら選べてたやつでしょ？　今から無理じゃん。なんで実現不可能なことを言い出すの？

——いい加減にしろよお前らマジで。今日中に決めないといけないんだぞ！

——あああああ！

——奇声を発するな奇声を……って委員長かよ。

——四楓院くん……。

——つーかさ、藤原と結崎にはもうちょっと責任を感じてほしいのはある。お前らが原因だろ元々はと俺は言いたい。

——忘れてたの私たち自身だし……藤原くんと結崎さんのせいじゃないよ。


進展がないまま時間は過ぎて放課後になった。部活があるクラスメイトたちも、今日は遅刻覚悟で議論討論に集中する姿勢を見せている。

しかし、そんなクラスメイトたちを横目に、三代は帰り支度を始めていた。バイトがあるし、行き先がどこに決まってもよいからだ。

志乃も三代と同様だ。ごそごそと帰り支度を始めている。志乃はふと、鞄《かばん》の中のコンパクトに偶然映った自分の顔を見て眉を顰めた。

「あ、ほっぺたがちょっと赤くなってる」

季節はまだ一月。

まだまだ寒い日も多く、そのせいで元の肌が白めな志乃は特に赤みが出やすいようで、ほんのりと頬が熱を帯びていた。

「今日は特に寒いみたいだから、頬が赤くなるのも当然だな。……自販機で温かい飲み物を買ってこようか？」

「温かい飲み物飲んだら、体温との温度差的なアレで逆にもっと顔赤くなる気がするから、遠慮しとく～」

「そうか」

「まぁでもこのままにもできないから、顔の赤み隠す為にちょっとお化粧を直してくるね」

「直すほどか？　そんなに目立つ赤みじゃないと思うが」

「バイト先でお客さんに『この店員風邪引いてるんじゃ……』って思われるわけにもいかないじゃん？　お客さん全員が『今日寒いしね』って思ってくれるわけでもないし」

志乃はバイト先のカフェで客の前に立つからこそ、万が一にも病気だと勘違いされない為の小さな気配りとして、顔色を調整したいそうだ。

接客業の大変さは、単なる水族館の清掃バイトである三代には詳しくわからないが、それでも想像してある程度の共感はできた。

「まぁ確かに、風邪を引いてると勘違いされたら駄目だもんな。ちょっとした苦言とか言い出す客もいるかもしれないし、気をつけないよりは気をつけた方が安心だな」

「そそ」

廊下に出てすぐ、志乃は鞄の中から取り出したポーチを片手に、教室に一番近い女子トイレへと入っていった。

三代は志乃の化粧直しが終わるまで廊下で待つことにした。

すると、どこからともなく、小柄で元気が良さそうな女子生徒が数人の取り巻きを引き連れて三代の前にやってきた。

女子生徒は瞳をきらきらと輝かせ、背伸びをして三代の顔に自分の顔を近づける。

(なんだこの娘《こ》……)

謎の接近に三代が困惑していると、女子生徒はさらにぐっと顔を寄せてきた。

「あの！　藤原三代先輩ですよね⁉」

先輩、という言い方から、この女子生徒が下級生——つまり一年生であることに三代は気づいた。

だが、同学年はおろかクラスメイトたちとの絡《から》みすら薄く、当然ながら下級生と関わりを持ったことがない三代は当然に困惑する。

話しかけられる理由もなければ、心当たりもまったくないのだが……。

「俺に何か用事か？」

三代が訊《き》くと、女子生徒は一度振り返って自分の取り巻きたちを見た。取り巻きたちは「がんばれ！」と応援の言葉を女子生徒にかけていた。

女子生徒はふんすと鼻を鳴らし、再び三代を見やった。

そして、言った。

「――私と付き合ってください！」

三代の思考が停止すると同時に、女子生徒の大声にクラスメイトたちが反応し、教室の扉をそーっと開けて次々に顔を出してくる。

三代は数秒ほど呆《ほう》けたのちに、頬を引き攣《つ》らせつつも、停止してしまった思考をなんとか再稼働《さいかどう》した。

「え、ええと……今なんて言った？」

「付き合ってください！」

「付き合うっていうのは、何か俺に手伝ってほしいことがあるとか、そういうことか？」

「違います！　女と男として！　つまり、男女交際してほしいってコトです！」

「何かの罰ゲームとか、そういうのやらされてる？」

志乃《しの》との交際で三代《さんだい》は有名人になったが、その言動は以前と変わらずのままであり、少なくとも下級生の憧れになるようなタイプではない。

それなのに告白してくるとなると、罰ゲームくらいしか三代には考えられなかった。

だが、女子生徒は力強くそれを否定した。

「罰ゲームとか、そういうのじゃないです！　私自身が『いい男性だな』って判断したからお願いしてます！」

「俺と君は面識ないよね？」

「はい！　ないです！」

女子生徒が詰め寄ってくる。三代は一歩、また一歩と後ずさる。廊下は狭く、すぐに背中が壁にぶつかった。

「私は素敵な男子をリスト化して管理してるのですが、藤原《ふじわら》先輩はまったくのノーマークでした！　ですが、よく見ると結構カッコいいし、物静かなところも大人っぽくて素敵です！　なによりあの結崎《ゆいざき》先輩が好きになった男だから、他にはない魅力があるハズなんです！　なので藤原先輩が欲しいです！」

以前に志乃に言われた、他人の彼氏が欲しくなってちょっかいをかける女が存在する、という言葉を三代は思い出していた。

この女子生徒はまさにドンピシャでそれだ。

自分がこういった状況に陥ると思っていなかった三代は驚いた。だが、驚きこそしたものの、三代が答えに窮することはなかった。

あまり器用な立ち回りができない性格であるし、なにより、気持ちを志乃以外に向けるつもりが元から一切ないからだ。

「二番目でもいいので！　まずは二番目の彼女から始めて、少しずつ私のよさを分かって貰《もら》えれば、きっと結崎先輩より私の方を好きになりますよ！」

「いや、俺は二番目とかそういうの欲しくないんだ。……志乃だけでいいんだ」

「だから、その気持ちを変えてみせま――」

女子生徒がそこまで言ったところで、その頰を、細く潤いのある指がぐにっと押した。

その指の持ち主を三代はとてもよく知っている。

志乃だ。

三代がおそるおそる志乃を見ると、眉間に皺《しわ》を寄せた鬼の形相がそこにあった。三代は思わず震え、女子生徒は口を窄《すぼ》めながら滝のような汗を流した。

志乃は女子生徒を一瞥《いちべつ》すると、低く冷たく落ち着いた声音で言葉を紡《つむ》いだ。

「一年生？　あたしの彼氏になにしてんの？」

「えっと、その、ゆ、結崎先輩……私は……」

「なにしてんの？」

「ちょっと藤原先輩とお話を……」

「なに？」

「……」

三代に絡んだ女の子に対して、徐々に言葉を少なくして威圧する志乃の手法は、以前にもあった。志乃は自分のバイト先の同僚の芽衣《めい》に対してやっていた。

しかし、今回はその時よりも重苦しさがある。

なぜ、志乃は芽衣に対してよりも強いプレッシャーをこの女子生徒に与えているのか？

その理由は恐らく〝三代に向けた感情の種類〟だ。

芽衣は三代を異性として好いていたわけではなく、あくまでちょっと突っかかったに過ぎず、だからこそ志乃も本気ではなかったのだ。

だが、この女子生徒は明確な好意を三代に向けた。

それは、志乃が手加減なしで悪鬼のような威圧を出すのに十分な理由であり、端的に言うならば地雷であったのだ。

「わ、私はその、二番目の彼女になろうかなぁって……あっ、結崎先輩は一番さんなので、そこは安心して貰って全然大丈夫ですので――」

「――は?」

志乃がこめかみに青筋を立てると、女子生徒はゆっくりと回れ右をして、自身の取り巻きを引き連れてそーっと離れていった。

あっさりと退《ひ》いた、というよりも、志乃が有無を言わさず退かせたのだ。

場の空気が若干重苦しいままではあるものの、かくして学校の平和は取り戻された……かに思えたのだが、ひょこりと教室から出てきた志乃の友達のギャルの一言によって、再び緊張が高まることになった。

「志乃なーに怒ってんの？　今の一年生じゃんイジメんなし」

「イジメ？」

志乃は鬼の形相そのままで、友達のギャルを睨《にら》みつけた。怒りの余波を向けられたギャルはびくりと肩を震わせて硬直した。

「し、志乃……？」

「イジメってなに？　別にイジメてないけど？　彼氏に手を出されそうになったんだよ？　怒るの当たり前じゃん」

「それはそーけど、でも相手は年下だし……？」

「年下とか関係あるの？　年下は年上から彼氏を寝取っていいわけ？」

「別に寝取ってはないんじゃ……」

「一歩手前だったじゃん」

「えーと……なんてゆーか……藤原！　助けて！」

「俺⁉」

ギャルは三代の肩を叩《たた》くと、慌てて教室の中へと逃げ込んだ。

なんと無責任な行動だろうか？

三代の胸中に当然のごとくギャルへの不満が渦巻くが、かといって襟首摑《つか》んで引っ張り戻すこともできないのも確かだ。

今はとにかく、暴発寸前の志乃をなんとかするのが先決だ。

「志乃……落ち着くんだ」

「ん？　落ち着いてるよ？」

志乃のそれが強がりだと三代は即座に見抜き、そっと抱きしめた。

「大丈夫、大丈夫」

赤ん坊をあやすつもりで、一定のリズムを保って、三代はぽんぽんと優しく志乃の背中を叩いた。

「……こんなことされたからって騙《だま》されないもん。あたし別に赤ちゃんじゃないし」

「前に志乃に頭をぽんぽんされた時、俺は嬉《うれ》しかったんだ。『おっきなべいびー』なんてからかわれても、それでも嬉しかった。……志乃はどうだ？」

三代が志乃の耳元でそう囁《ささや》くと、志乃は三代の胸にぐりぐりと顔を押しつけて「ん〜ん」と猫なで声を出した。

志乃の怒りと不安を取り去ることに三代は見事成功した。

（……なんとかなったな）

三代がホッと胸を撫《な》でおろすと、一部始終を見ていたクラスメイトたちも一斉に安堵《あんど》の息を吐き、場の雰囲気が一気に弛緩《しかん》した。

——収まったな。ガチの殴り合いの喧嘩《けんか》始まるかと思った。

――藤原くん、やっぱ結崎さんの対処完璧だな～。

――結崎さん限定の対処方法じゃなくて、あれはどんな子だって大人しくなるよ。私もあんな風にされたら、似たような甘え方する自信ある。

――志乃マジで気持ち悪い顔してる。

――なんつーか……修学旅行の行き先で揉《も》めてたの、馬鹿らしくなってきたな。

――そもそも、今日までに決めなきゃだもんな。現実的なところ選ぼうぜ。すぐ決められるのは国内の函館《はこだて》だったよな。函館でよくね？

――そうね。


三代と志乃のやり取りは、本人たちの知らないところで、修学旅行の行き先で揉めていたクラスを一つにまとめて早急に結論を出す助けとなった。

そもそもの原因でもあった二人が、回りまわって争論を鎮《しず》めたのである。

よくも悪くも因果は巡る――等《など》という哲学的な思考はさておいて、大金星の活躍をした三代と志乃の二人だが、一つ大事なことを忘れていた。

それに気づいたのは一人の生徒が「もう四時か。やばい部活遅れる」と呟《つぶや》きながら横を通り過ぎた時だ。

「やばい、バイトに遅れる！」

「あたしも！」

そう、二人ともアルバイトがある。三代と志乃は慌てて駆け出した。

2

「はぁはぁ……」

アルバイト先の水族館に辿《たど》り着いた三代は、息を切らしながらスマホで時間を確認した。始業五分前──かなりギリギリだ。

だが、なんとか間に合った。

「今まで遅刻したことなかったからな……無遅刻を守れてよかった」

よろめきながら従業員用の出入り口の扉を開けて、事務所へと入る。事務所には副館長の小牧《こまき》と休憩中のスタッフが数人いた。

「おっ、きたね藤原くん」

まず最初に、小牧が三代に気づいて話しかけてきた。他のスタッフも三代に気がついて声をかけてきた。

「本当だ藤原《ふじわら》くんだ。おはよーさん」

「おはようございます」

「なんかお疲れ顔だねぇ……あぁ時間ギリギリだからか。走ってきた?」

「はい」

「今日みたいに滑り込みセーフみたいなの珍しいね。佐伯《さえき》くんなら、ギリギリの時がたまにあるから驚かないけど」

「ちょっと学校で色々ありまして」

「そっか。まぁ学生だし、そういうこともあるのか。でも、着替えてたらタイムカード間に合わんかもね。副館長、今のうちに俺が押してあげてもいいですか? 佐伯くんのもついでに」

「おっけー」

優しい人たちが多い職場であり、三代《さんだい》もそれは日頃から実感している。しかし、だからこそ学校で起きた詳細を言えなかった。

下級生の女の子に告白されて彼女の志乃《しの》がそれに怒って……等という事情を知られてしまっては、さすがに呆《あき》れるに違いないからだ。

それに、職場での三代の評価は実直で職務に忠実な男の子だ。その認識が崩れかねないリスクも負いたくなかった。

なんでもかんでも正直に言えばよい、というわけではないのである。

三代は何も言わず軽く頭を下げてタイムカードを押して貰《もら》うと、そそくさと着替えに向かった。

今日は遅刻ギリギリであったことから心に余裕がなく、いつもは行うハジメがいるかどうかの確認を怠り、三代はそのまま更衣室に入った。

だから遭遇してしまった。

「次からもっと時間に気をつけないとな――」

「――えっ」

更衣室にはハジメ一人がいた。ハジメは着替え途中で、下は作業着を既に穿《は》いていたが、上は羽織っておらずキャミソールのようなシャツ姿だった。

女の子の着替えシーンを覗《のぞ》いてしまった時に感じる類の羞恥、それと申し訳なさの二つに同時に襲われて三代は固まった。

ハジメは同性なのに、どうして自分がこんな反応をしてしまうのか、自らのことなのに三代はよくわからなかった。

だが、思い返してみれば、ハジメの性別はあくまで本人による自称だ。

少し前に、場の雰囲気というか流れでハジメと一緒に植物園に遊びに行ったが、その時に直接素肌を目にしかけて目潰しを食《く》らった。

裸を見られたくない、という明確な拒否を態度で示されたのだ。なぜ、ハジメは同性に裸を見られたくないのだろうか？

体に何か秘密がある……三代にはそう思えてならなかったし、それこそが、自分が時折ハジメに抱く不思議な感情の原因であるような気もした。

「は、入る時はノックくらいしなよ！」

ハジメは慌てて上着を羽織ると、頬に僅かな熱を帯び、唸《うな》るようにして三代を睨んだ。

前回のような目潰しをしてこなかったのは、透けて見えてはいるものの、それでもシャツである程度素肌が隠れていたからだと思われる。

「わ、悪かった」

「もぉ……」

ハジメは頬を膨らませてぷいっと横を向くと、「先に行ってるから」と更衣室から出ていった。

三代一人きりとなった更衣室に静寂が満ちる。

「……はぁ」

思わずため息が出る。

ハジメが隠している何かが気にならないといえば嘘《うそ》になる。だが、ハジメは三代にとって初めての同性の友達でもあるのだ。

それがいい。

それでいいのである。

だから、ハジメに何か秘密があるのだとしても知らない方がよいと思ったし、知らないままでいることに全力を注ごうと考えた。

改めてそう決意する三代は、着替えを済ませ、今日もハジメと共にいつもの館内清掃をこなすのだった。

3

アルバイトや志乃との日々は、特に問題が起きることもなく、いつも通りに過ぎていた。教室の様子も、修学旅行の行き先が決まったことで日常を取り戻していた。

そうこうしているうちに、一月も後半だ。

そんなある日、三代は自分の髪が結構伸びてきていることに気づいた。

「そろそろ、切りに行った方がいいよな……？」

志乃の友達に『改造』と言われ美容院に連れて行かれて以降、三代は髪の毛の手入れをわりと適当にしていた。

面倒くさがっていたわけではなく、お洒落《しゃれ》を気にし過ぎると、他の女の子が寄ってくるかもしれないからと志乃が嫌がるので最低限に抑えていたのだ。

だが、いくら誤魔化しても伸びてくれば清潔感が失われる。というわけで、三代は志乃には内緒でこっそり美容院に行くことにした。

今日は三代のバイトが休みである一方、志乃はバイトがある日だ。志乃のバイトの迎えに行くまで時間が空いていることもあって、今日のうちに済ませてしまおう、と三代はすぐに予約の電話を入れた。

ちなみに、電話を入れる美容院は『改造』でお世話になったところだ。

他にも色々な美容院があるのは三代もわかっているのだが、そういった方面に明るくない自覚もあるので、万が一にも失敗したくなくて一度行ったことがある場所にした。

――あ、すみません。予約取りたいんですけど、大丈夫ですか？

――はい大丈夫ですよ。何日をご予定されてますか？

──今日だと都合いいなって感じなんですが……空いてますか？

──当日予約ですね。午後六時に空きがありますので、その時間でよろしければ予約をお取りできます。


志乃のバイトが終わるのは、午後の八時半とかそのくらいだ。午後の六時に予約が取れるのなら、手間のかかる髪型を希望しない限り、迎えに遅刻するような時間になる前に間違いなく終わる。


──それじゃあ、それで。

──はい。それでは午後六時のご予約を承りますので……お名前よろしいですか？

──藤原三代です。

──藤原三代さま……ちなみに、以前に当美容院をご利用されたことありますか？

──去年の秋ごろに一回行きました。その時にギャル軍団と一緒に行ってしまった感じになって、騒がしくてご迷惑かけたかもなんですが……。

──ギャル軍団？　去年の秋……あっ。

──え？

――いえ、なんでもございません。それでは、お待ちしておりますので。

今の『あっ』は一体何に対しての『あっ』なのだろうか？　三代は首を傾《かし》げるが、すぐに前回訪れた時の自分が異様な悪目立ちをしていたことを思い出した。

ギャル五人に囲まれた陰キャの高校生男子、という過去の状況を三代は『迷惑をかけたかも』程度で流したが、普通の人からすれば、一度見たら簡単に忘れられないくらい摩訶《まか》不思議《ふしぎ》な光景なのだ。

釈明したい気持ちがふつふつと三代の胸中に湧いてくるが、しかし、こういうのは下手に言い訳をすればするほど逆効果となるものだ。

三代は努めて冷静に、気にせず時間になったら向かうことにした。これが最良の選択であり、そして、決めたらあとは余計なことを考えずにいるべきだと判断した。

三代は美容院の近くまで行くと、ふらふらと時間を潰し始める。コンビニで野菜ジュースを買って飲んでお腹《なか》を膨らませつつ、書店に寄って気になっていた新刊のライトノベルをチェックしたりしていると、六時はすぐにやってきた。

三代は美容院に入り、予約していた時間と名前を伝え、案内された席に座った。数分ほど待っていると、男の美容師が苦笑しながらやってきた。

「久しぶりだね！　前に君の担当したんだけど、覚えてるかな？」

言われて三代は気づいた。

美容師の髪型がトウモロコシのような感じになっていたせいで、すぐにはわからなかったが、よく見ると確かに前に担当してくれた人だ。

「時間が経《た》ってたのと、あと、髪型が前と全然違うのでわかりませんでした」

「ははっ、そっか。確かに髪型ガラッと変えちゃったし、すぐにはわからなくて当然だね」

「すみません」

「いいよいいよ、それより、この髪型コーンロウっていうんだけど……同じのにしてみる？」

美容師はくっくと笑って自分と同じ髪型を勧めてきた。

ワイルドな方向性のお洒落な髪型、というのは三代にもなんとなくわかるのだが、しかし、見た目がイカつすぎる。

(不良というかヤンキーというか……)

こういうのは自分に似合わないだろうと三代は思ったし、それに、志乃が嫌がりそうなのでやめておくことにした。

「そういう髪型は彼女が嫌がると思うので、遠慮しておきます」

「彼女いるの？」

「はい」

「そうなんだ。まぁでも、君は素材がイイもんね。そりゃできるよね、彼女の一人や二人や三人くらい」

「三人もいないです。一人だけですね」

「冗談だよ冗談。それで、どんな彼女なの？　あの時のギャル軍団の中の誰か？　みんな可愛《かわい》い子だったね」

「いや、あの時にいた誰かではないですね」

「どんな子なのかな？　あ、別に興味本位で聞いてるだけじゃなくて、彼女が納得する髪型にしたいなら、どういう子か教えて貰えるとこっちも提案しやすくなるんだ」

言われた通りにカットするだけではなくて、きちんとコミュニケーションを取りながら方向性を決めてくれるそうだ。

前回きっちりやって貰えたこともあり、信頼できる美容師、と感じていた三代《さんだい》は志乃《しの》の性格をありのまま伝えた。

すると、美容師は苦笑した。

「なるほどね。独占欲が強くて、あんまりカッコよくし過ぎると他の女の子が寄ってくるかもしれないから嫌だと泣く彼女ね。なんかこう……凄《すご》く重い……ね？」

「それは俺も感じていますけど、ただ、初めての彼女で比較対象もないので、他の女の子と比べて具体的にどれくらい重いのか……ちょっとわからないです」

「そっか。まぁでも、今の何も知らないままの状態でいいと思うな。それが君の身の為《ため》だと思う。話を聞く限り、他の女の子を知ろうとするとよくないことが起きる気がするよ」

美容師はお洒落に敏感で、加えて相手の話を上手《うま》く引き出す聞き上手でもあるようなので、女性の扱いも上手く経験も豊富そうだった。

この助言は素直に受け取った方がよい気がしたので、三代は短く頷《うなず》いた。

「それにしても、前回の髪型でも駄目なのはキツいね……爽やかさ重視で、大人しい感じに仕上げたんだけど……いや、だからかな。女の子ウケよさそうな感じにしちゃったからね。うーん……」

美容師がぶつぶつと呟《つぶや》き始める。

どういう提案をするか悩んでいるようなので、話しかけて邪魔をしたくないと思った三代は、近くに置いてあったメンズのヘアカタログを読み始めた。

ベリーショート、ショート、セミショートetc……なんだかどれも似たような、けれども若干何かが違うような髪型が沢山載っていた。

どれもこれも格好良い気はするし、こうして眺めて見ていると、自分に一番似合うのはどれだろうかと考えたくもなってくる。

だが、自分の好みと実際に似合うかは別モノだ。好みだけを基準にして選ぶと、悲惨なことになる確率も高いものである。

三代もそれは理解できているし、なにより、志乃にどう思われるかが最重要であるので、あくまで眺めて楽しむ程度に抑えた。

「うーん……そうだね……それじゃあ……」

三代がヘアカタログを半分ほど読み進めたところで、美容師はどういう髪型を提案するか決めたようだ。

ちょっと借りるね、と三代からヘアカタログを拝借すると、ぺらぺらとめくり始めた。

「こういうのはどうかな？」

美容師が開いた頁《ページ》に載っていた髪型は、前回仕上げてくれたのと似ていたが、さらに雰囲気を大人しくした感じのものだ。

「見た感じは前と変わらなく見えるけど、それは男の目から見たらであって、女の子から見たら清潔感はあるけど地味〜ってなるヤツ。これなら彼女も納得してくれるんじゃないお洒落にそこまで敏感ではない三代に、前回と変わらないように見えるこの髪型が志乃にどう見えるのかわからなかった。

だが、プロが考えて出してくれた提案だ。

お洒落に疎《うと》い自分が下手にああだこうだと余計な注文を出すよりも、信じて任せた方がよい結果を生むに違いないので、三代は「お願いします」と頭を下げた。

「じゃあ始めるね」

三代は目を瞑《つぶ》りなすがままにされた。そうして何も考えずじっと佇《たたず》むこと一時間、気がつくと新たな自分になっていた。

「さぁ終わったよ。どう？」

美容師にぽんぽんと肩を叩《たた》かれ、三代は鏡に映る自分をじっと見つめた。

説明されていた通り、前回とそこまで大きく変わった感じはないが、雰囲気が前よりも大人しい感じだ。ほんのりと香る整髪料の匂いは、冬という季節を考慮してか暖かみのあるものであり、本当にいい感じに仕上げて貰《もら》えている。

「ありがとうございます」

「いいよいいよ」

美容師はニコっと笑うと、「ところで」と話題を変えた。

「前に『カットモデルにしてあげる』って言ったの覚えてる？」

「え？」

「君わりとイイ感じだから、載せたいなって言ったじゃん。雑誌でうちの美容院が貰ってるスペースが隔月であるんだけど、そこに載せたいんだ。幾つか載せるうちの一つで、隅の方にちょっとだけだから」

そんな会話があったかどうか、三代の記憶から抜け落ちていてよく覚えていなかったが、『言ったよ』と言われるとそんな気がしてきた。

「今日の料金タダにするよ？　駄目かな？」

「えっと……」

代金無料と言われ、三代の心が揺れた。

親からの仕送りもあるしアルバイトだってしているが、それでも一人暮らしゆえにかかる生活費を差し引くと、三代も決してお金持ちではないのだ。

だが、無料とはいえ、写真が載って見知らぬ他人に見られるのには抵抗がある——と三代が悩んでいると、あれよあれよという間に背中を押され、美容院の中にあるミニスタジオで何枚か写真を撮られてしまった。

「はい、ありがとー」

「……」

迷っているうちに、なんだかそういうことになってしまった。

まぁ隅の方に小さくという話であったし、代金も無料となったし、今さら過ぎてしまった過去に戻れたりもしないので、三代は大人しく諦めることにした。

美容院から出てすぐにスマホで時間を確認すると、午後の七時半頃だった。

「志乃のバイトが終わるまで、まだもう少しあるな……」

あと三十分くらい時間を潰してから向かえば丁度よい感じであったので、三代は適当に時間を潰すことにした。

すると、偶然に帰宅途中の中岡《なかおか》と遭遇した。

「藤原《ふじわら》か。偶然だな……買い物か？」

「志乃のバイトの迎えに行こうと思ってたところです。まぁ、今から行くのはちょっと早く着き過ぎるので、あと三十分くらい時間潰すつもりですけど……」

「なるほどな」

「それじゃ失礼します。先生もお気をつけて」

三代が会釈《えしゃく》をして横を通り過ぎようとすると、中岡が「待て」と肩を掴《つか》んできた。三代は「？」と振り返る。

「な、なんですか？」

「あと三十分くらい時間を潰す必要があると今言ったな？」

「……そうですけど」

「一人で時間を潰すのも退屈だろう？　三十分、私が付き合ってやる」

「えぇ……」

困惑する三代だったが、中岡に襟首を摑まれ、反抗する間もなくずるずると引きずられて三十分を共にすることになった。

4

中岡が三代を引きずりながら訪れたのは、カラオケ店だった。

「カラオケですか」

「私の奢《おご》りだ。三十分料金なんて大したこともないしな」

「は、はぁ……」

受け付けを済ませ、カラオケルームに入る。

「ほら奥行け奥」

「俺入り口側のがいいんですが……」

「入り口側は私に譲れ」

「お手洗いとか行きやすいようにですか？」

「その通りだ」

　座席に座る時、女性が通路側と壁側のどちらを好むかはわりと個人差がある。

　どちらがよいとか悪いではなく、壁側が安心する女性もいれば、中岡のように移動が自由で気を使わずに済む通路側の方が好き、と思う女性もいるのだ。

　ちなみに、志乃も中岡と同じで通路側にいたがる方だが……自分が自由に移動したいからではなく、三代を逃がさないという気持ちの表れな雰囲気がある。

「それにしても、先生もカラオケとかくるんですね」

「ストレス発散も兼ねて、わりとカラオケにはくる。笹倉《ささくら》と一緒なことが多いな」

　笹倉は養護教諭だ。学祭の時にも仲がよさそうな場面があったが、恐らく中岡と友達か何かなのだ。

「仲いいんですね」

「同い年……というか、高校の同級生で友達だしな。大学は別々だったから一時期少し疎遠にはなっていたがな」

「学生時代の友達と同じ職場になるって、そんな偶然もあるんですね」

「着任時期は別々で、偶然出会ってまた仲良くなってという流れだな。世の中意外と狭いとは思ったたな。それにしても……今日は奢ってやっているというのに、そんな私の特別な優しさに藤原は礼の一つも言えんのか？　おん？」

反論したい気持ちはあるが、中岡の性格を鑑《かんが》みるに、反論すれば面倒くさい絡《から》み方をされそうな気もするので三代《さんだい》はぐっと堪《こら》えた。

「そうですね。ありがとうございます」

「お礼が言える子は大好きだ」

そう言って、中岡はじっと三代の顔を見つめてきた。なんだか普段と少し違った雰囲気で、優し気な表情だ。

「な、なんですか、そんな優し気な顔で俺のことじっと見て……」

「なんでもない」

中岡がふっと鼻で笑うとデンモクを独占し、自分が歌いたい曲を連続で入れ始めた。三代に歌わせる気がないらしく、私の歌を聞け、という態度だ。

まぁ三代としては時間が潰せればそれでよいし、歌もそこまで上手ではないので、聞く

だけというのは願ったり叶《かな》ったりではある。

三代が飲み物を頼んでちびちび飲んでいると、三十分はあっという間に過ぎた。

「ではな」

「お気をつけて」

歌いたいだけ歌ってスッキリした顔になった中岡の背中を、三代は見送った。余談だが、中岡は歌がもの凄《すご》く上手だった。

5

中岡と別れ、三代は志乃《しの》のバイト先のカフェにやってきた。そして、入店してすぐにチヨココロネな髪型の芽衣《めい》と目が合ってしまった。

「いらっしゃいま……ちっ、志乃ぴの彼氏ですか」

「今なんか舌打ち聞こえたんだが……？」

「してないのですよ」

「本当か？」

「……」

「……」

若干の無言が流れる。

お互いに抱いている苦手意識が露骨に出てしまっているが……だが、面と向かって喧嘩《けんか》をするようなことはない。

「こっちの席があいてるので～す。彼氏特典持ってくるのです」

「どうも」

「お礼いらないのです」

三代が案内された席に座ると、芽衣はすぐさま彼氏特典の紅茶と、カフェで出している焼き菓子を持ってきた。

「どうぞですよ」

「ありがとう」

「だから、お礼はいらないのですよ」

「そうだったな」

「……」

「……」

三代にとって芽衣は彼女の同僚。

芽衣にとって三代は仲がよい同僚の彼氏。

お互いソリは合わないが、かといって無下に扱いすぎれば間に挟まる志乃の顔に泥を塗ることになるので、少しくらい気遣いの言葉を投げた方がよいだろうか——と思っているが、お互いに何を言えばよいのか見当もつかず迷っている——そういう空気だ。

「あー……その……」

「……なんです？」

「……」

「……何か言いたいことあるなら、早めに言うですよ」

「そっちこそ、俺に何か言いたいことはないか？」

「あるような……ないような……そんな感じなのですよ」

「……」

「……」

何か言わなければ、と脳をフル回転させる三代は、従業員専用の扉の怪しげな状況を視界の端に捉えた。

扉の隙間から何人もの女性スタッフがこちらの様子を窺《うかが》っていた。

——チョココロネのやつ、あの男の子のことジッと見て一体どうした……って志乃ちゃんの彼氏じゃん。

——芽衣……まさか寝取ろうとしてる？

——芽衣って派手な男の子が趣味じゃなかった？　好み変わった？

——志乃もう上がりで着替えてる最中だけど、これ出くわしたら大変なことになるアレだ。

——まったく……あとで副店長として芽衣ちゃんに注意しとかなきゃ！

——げっ、志乃。

——あたしがどーかしました？

——隠せ隠せ！

——なんなの……って三代と芽衣ちゃんんだ。

——怒らないの？　彼女としての余裕？

——なんの話してるのかわかんないですけど……あの二人お互い苦手意識持ってるみたいなので、単に気まずくなってるだけ……。

——言われてみれば、そんな感じね。私はわかってたわ。副店長だから！

——手のひらクルックルワイパー副店長。

志乃が姿を見せると、女性スタッフたちが蜘蛛《くも》の子を散らすように去った。

一体なんだったのか……？

まぁ考えてもわからないことはさておき、志乃がこちらにやってきたことで、芽衣との間にある重苦しさに終焉《しゅうえん》が訪れた。

助かった、と三代は胸を撫《な》でおろした。

「二人して何やってんの？」

「なんというか、その、ちょっと気まずさがな……」

「なるほどね」

「し、志乃ぴ……あの……彼ピに気を使ってあげようかなと思って……」

「変に気を使わなくていいよ？」

「え？　気を使わないなのです？」

「うん。変に気を使ってるとこ見ると、人の彼氏に何をしてんのかなって思っちゃうから、むしろ気を使わないでくれると助かるかな～」

「そういう……まぁ志乃ぴ怒らせたくないので、わかったなのですよ」

芽衣は以前志乃に威圧されたことが少しトラウマになりつつあるのか、志乃を見て若干だがビクついている。

我儘《わがまま》そうな性格に見える芽衣だが、意外と小心者な側面がある。

まぁ芽衣の内面に関わる情報は三代にとって不要であるので、軽く流すことにして、急いで彼氏特典を胃に収めて志乃と一緒に帰路についた。

駅に向かう途中で、志乃がじーっと三代の顔を見つめてきた。三代は理由をすぐに察した。髪型が少し変わったからだ。

「……」

「髪、少し伸びてきたからな」

「そっか。前よりいい感じだね。近寄ろうって思う子が減る感じある」

三代には前回の髪型との違いがそこまでハッキリとはわからないが、志乃に『他の女の子からはそこまで好かれなさそう』と思って貰《もら》うことに成功したようだ。

これなら納得して貰えるかも、と美容師は言っていたが、まさにその通りになった。

さすがはプロだ。

男の子にはわからない女の子の敏感な感性をよく捉えている。

「ふふっ」

志乃が嬉《うれ》しそうに笑って手を絡めてきた。

少し加減を間違えれば傷つけてしまいそうなほどに繊細な志乃の手を、三代《さんだい》は優しくゆっくりと握り返した。

「今日どうする？」

「んー……今日は結構冷えるって聞いたし、時間経《た》つとお外もっと寒くなるだろうし……早めにお家《うち》に帰ろうかなって思ってる」

「そうか。じゃあ今日もきちんと家まで送ってく」

「ありがと！　あ、そうだ。電車乗る前にちょっと薬局に寄る～」

「何か買いたいものでもあるのか？」

「うん。普段使いの肌ケアのクリームと剃刀と……あと生理用品」

志乃は女の子なのだから、それは日常生活を送るのに絶対に必要なもので、おかしいことは何も言っていない。

だが、男の子の三代は生理用品と聞くとなんだか恥ずかしくなった。既にえっちだって済ませた仲だが、それとはまた違う恥ずかしさがあるのだ。

「生理用品か。まぁその、女の子に必要なものだしな」

「そーだよ」

志乃が何の臆面もない態度なのは、三代ならば決して目を背けたりしないでくれるという、一種の信頼があるからだろう。

その部分については三代もひしひしと感じた。だから、きちんと向き合おうと思ったし、そういう気持ちになったからこそ気づいたこともある。

「ちょっと思ったんだが」

「なに？」

「女の子は、生きてるだけで男よりずっとお金かかるよな。生理用品なんてまさにそうだろ？　女の子というだけで絶対に必要な出費だ」

「……」

「デート代とか、志乃は自分の分を自分で出すって言ってくれるが、やっぱり俺がなるべく多めに出す。俺は男だから、そんなにお金かからないしな」

「ふぅん？」

「な、なんだよ。俺はそんなに無駄遣いする方じゃないから、それくらい捻出できる」

えっちな本や画像集、もしくは動画を買い集めていた時期もあるが、本は志乃と出逢《であ》ってすぐに処分したし、ＰＣの中身も、初めての行為に至った後に整理して減らした。

三代は決してお金持ちではないが、無駄遣いが以前よりも格段に少なくなったことで、ある程度の余裕があるのだ。

三代は窺うようにして横目で志乃《しの》を見る。志乃は人差し指を顎に当て、悩まし気な仕草を取っていた。

だが、答えをすぐに出したらしく志乃は小さく笑んだ。

「そだね。じゃあ、多めに出して貰おうかな？」

「任せろ」

「でも、あたしに全く払わせない、というのはダメね？」

「じゃあ7：3で7が俺な。端数《はすう》も俺持ち。これでどうだ？」

「りょ。ところで、端数ってどんな意味の言葉だっけ？」

志乃がお馬鹿ちゃんである、というのは三代も知ってはいるが、端数という単語を知らないのはさすがに想像の斜め上の無知だ。

思わず転びそうになった。

「ど、どしたの？　え？　え？　あ、もしかして、普通の人は知ってる的な単語……？」

「まぁ普通の人は知ってる単語だな」

「あ、あたしはホラ、お馬鹿ちゃんだから？　そーゆうの知らないのがむしろ当たり前とゆーか？」

「端数はアレだ。例えば1007円の支払いがあったとするだろ？　その時の7円とかの部分」

「あ、あーそういうヤツね。細かいお金？」

「そうそう」

「端数は細かいヤツ、はい、ちゃんと覚えました……！」

志乃が冗談ぽくピッと敬礼する。

本当にわかったのだろうか、と些《いささ》か心配にはなるが、そこを追及しても機嫌を悪くさせるだけなのでスルーしてそのまま近くの薬局に入った。

志乃が買おうとしている品々の具体的な商品名が三代にはまったくわからないので、大人しく荷物持ちに徹することにした。

漫然と時間が過ぎるのを待つのではなく、志乃がそっとカゴに入れた生理用品の商品名とパッケージの表紙を三代は記憶しておくことにした。

自分が代わりに買うことになる可能性を少し考えたからだ。

「生理用品の商品名を俺も覚えないとな」

「へ？　どして？」

「例えば、志乃が体調崩して代わりに買ってきて欲しいとかなった時に、どれかわからなくて何回もチャット飛ばしたり通話するハメになったら、志乃がちゃんと休めないだろ？」

「そういう時はお母さんに頼むけど……」

「子子《ねこ》さんも大吾《だいご》さんと二人で豆腐屋をやってるわけだし、忙しい時とか外せない用事ができたりとか、そういう状況もありえると思ってな」

「言われてみれば、中学の時に一回か二回くらい、そんな状況もあった気がする。でも、そういう時は我慢するよ？」

「志乃に我慢させたくない、という俺の都合だ」

「そっか……じゃあ、覚えて貰おうかな？」

さらっと生理用品を覚えるつもりだった三代だが、日ごろ見慣れないものであるので、しっかり記憶する為《ため》に凝視した。

一文字も漏らさずきちんと覚える為に、真剣に気合を入れて見た。すると、志乃がなぜか急に顔を赤らめ、三代の袖をくいくいと引っ張ってきた。

「覚えてくれるのはいいんだけど、ガン見はちょっと……」

志乃に諭され周囲を見回した三代は、そこでようやく、通りがかる女性客たちがドン引きの視線を送ってきていることに気づいた。

――生理用品ガン見……隣の彼女ちゃん顔真っ赤。

――自分が許可した生理用品しか使わせない系男子……？　大人しそうないい男の子に見えるのに実は変態とか。

――可愛《かわい》い女の子なのに、性格に難ありの男の子に引っかかって可哀想《かわいそう》にね。

何を言われているのかわからないが、とりあえず、『素敵な彼氏くん』とかではないのだけは確かだ。

「買った後にパッケージの写真とか撮ればいいだけだから……ね？」

「そ、そうだな。ははっ」

三代は素知らぬ顔ですぅっとその場から離れた。

心の中では激しく動揺していたが、それをそのまま晒《さら》すと余計に不審人物扱いされるだけなので、なるべく冷静な頼れる彼氏風を装《よそお》った。

6

志乃の自宅の豆腐屋に着くと、灯《あか》りがついていなかった。

大吾と子子が仕事の関係で出かけているとしても、美希《みき》はいるハズなのだが……と三代が怪訝《けげん》に首を捻《ひね》っていると、

「今日はお父さんとお母さんが美希を連れて外食に行くって言ってたけど、まだ戻ってきてないみたい」

結崎《ゆいざき》家は、志乃を除く家族三人で夜ご飯を食べに行ったそうだ。志乃も一緒にとならなかったのは、バイトの時間的に合わせ辛《づら》いのと、あとは恐らく三代がいるからだ。

彼氏との時間の方を大事にしなさい、という遠回しな配慮なのだ。大吾はどうかわからないが、少なくとも子子はそう考えるタイプな気がした。

「一人で待ってるのも寂しいし、折角だからあたしの部屋で一緒に待ってほしかったりするんだけど……だめ？」

「わかった。それじゃあ、お邪魔するか」

「やった～！　こっちこっち」

三代は少しドキドキしていた。志乃を家まで送ることも最近増えたので、結崎家自体はだいぶ見慣れてきたが、実は志乃の部屋に入るのは初めてだ。

今まで志乃を送ってきた時には大体誰かいた。大吾であったり、子子であったり、あるいは美希であったりだ。

少しお邪魔するにしても、居間などで結崎家全体と交流し、志乃の部屋には行かなかった。悪い印象は持たれたくなかったからだ。

だが、偶然にも今日、志乃の部屋に入れる機会が訪れた。

志乃の部屋はどんな感じなのだろうか？　わくわくしながら、三代は志乃の後を追いかける。志乃の部屋は二階にあった。

（緊張するな……）

「はい、あたしのお部屋！」

部屋に入ってすぐ、志乃の香りがした。若干の甘みを感じるこの匂いは、普段使っているハンドクリームやシャンプーのものだ。

部屋の彩《いろど》りは基本が暖色系で、思っていたよりも整理整頓もされている。テーブルの上が若干ごちゃっとしているが、まぁそこまで汚いわけではなく普通だ。

その他には、あみぐるみ等《など》の小物が入っている小さなバスケットがぶらさがっていたり、料理やお菓子作り、お裁縫の本ばかりで埋まっている本棚があったりした。

「座って！」

志乃がデフォルメされた動物の顔クッションをぽふぽふと置いてくれた。三代《さんだい》は遠慮なく座ろうとしたが、可愛い動物の顔を尻で押しつぶすのはなんだか可哀想だとも思ったので、若干ずらして半分くらいだけ尻に敷くことにした。

すると、志乃が「あ」と声をあげた。

「マニキュア処分するのわすれてた……」

志乃は一度部屋から出て、新聞紙を持って戻ってきた。それから、机の引き出しの中からマニキュアの容器を取り出して、綿棒を使って中身を拭って新聞紙につけはじめた。

「……何やってんだ？」

「前に試供品で貰《もら》ったマニキュアなんだけど、時間経《た》って硬くなってきちゃってるから捨てないと」

志乃はギャルだが爪を飾ったりしない方だ。

バイト先が飲食だというのと、それと家事炊事も頻繁にやるので、食器だったり衣類に色移りしたりするのが嫌だからという理由だ。

気をつければ爪を飾るのも問題はないのだろうが、わりと志乃も粗雑なところがあるので、そういう自分自身の性格も踏まえた選択であるのが窺《うかが》える。

勿論《もちろん》あくまで普段はというだけで、バイトも家事もなく丸一日デート、という時にはさりげなく飾っている時もある。

三代がそれに気づくようになったのは、わりと最近だ。具体的には冬休みが明けて以降だったりする。

「マジで硬っ……」

「大変そうだな」

「うん。ってゆーか、他にも捨てるマニキュアあるから三代もちょっと手伝って」

「はいはい」

志乃からマニキュアの容器を受け取った三代は、見《み》よう見真似《みまね》で処分を手伝い始めた。もくもくと単調な作業は続くが、そのうちに終わりを迎えた。

志乃は新聞紙をぐしゃっと丸めてゴミ箱にポイと捨てた。

「終わった～！」

「プラの容器はプラで、瓶は瓶でまとめて瓶の回収の時に出すようにな。燃えるゴミで出したら駄目だぞ」

「それぐらいは知ってるってば……」

少々お馬鹿扱いし過ぎてしまったのか、志乃《しの》はむぅと口を尖《とが》らせると、枕を使ってばふばふと三代を叩《たた》き始めた。

「お、おい」

「む〜」

「そんな怒るな」

「怒ってなーい。ばふばふしたかっただけ！」

「それにしては力が籠もって――」

と、三代が枕攻撃を避けようとすると、志乃が足をもつれさせ、三代に縋《すが》りつきながら転んだ。

「んきゃっ！」

「痛つつ……」

お腹《なか》に重みを感じ、三代は思わず閉じてしまっていた瞼《まぶた》を上げる。すると、自分に馬乗りになっている志乃と目が合った。

今の転倒は自分が悪い、という自覚はあるらしく、志乃はなんだか申し訳なさそうな顔をしている。

だが、言葉にして謝るのも何か違うと思ったのか、志乃はきゅっと唇を結ぶと三代の両頬に手を添えてゆっくりと顔を近づけた。

——ちゅっ。

優しいキスをされた。

この行為の意味は、『わざとじゃないから、怒らないでね』だ。

こうした行為に対する返答は、同じく行為で示す必要があり、今度は三代から志乃へ口づけをする。

「んっ……」

「……」

「一回だけじゃなく……ね？」

「わかってる」

何回も、何回も、ついばむようなキスを繰り返してた。

お互いの思いを少しずつ伝えあうように、呼吸に合わせて疲れないように、ちゅっちゅっと音を立てる。

がたん、と扉の方から音がしたのは、唇を合わせた回数が五回を超えたあたりだ。

三代と志乃がびくっとして顔を向けると、扉の隙間から、美希、子子、大吾の三人が覗《のぞ》き込むようにじーっとこちらを見ていた。

いつの間にか帰ってきていたようだ。

――おい、こっち見てるぞ。気づかれたか？

――おとうさんが音たてるから……。

――本当もう大吾《だいご》さん使えないんだから。

――お、俺のせいなのか？

――そうでしょ。

――ええ……。

――それにしても、志乃の凄《すご》いこと。藤原《ふじわら》くんに馬乗りになってちゅっちゅしてる。

――ま、おねえちゃんはホントにおにいちゃんのこと好きだからね。

――ん、待て、なんか志乃がこっちくるぞ。

見られていることに気づいた志乃は、どすどすと音を立てて三人のところへ向かうと、勢いよく扉を閉めた。

「……見られてたな」

三代がぼそっと呟《つぶや》くと、志乃が俯《うつむ》いた。

「ごめんね」

いい感じの雰囲気を自分の家族が壊してしまったことに、志乃は申し訳なさを感じているのか、声が少し震えていた。

志乃は悪くない。

美希や子子《ねこ》、大吾だって悪くない。

悪者がいるとすれば、それはタイミングだ。

少し考えれば誰にでもわかることだが、志乃にそういう論理的な思考ができるわけもなく、ただただ今にも泣きそうになっている。

だから、三代は志乃を背中からぎゅっと抱きしめた。

「大丈夫だ」

ぽんぽん、と三代は志乃の頭を撫《な》でる。すると、少し元気が戻ったらしく、泣きそうな雰囲気が薄まっていった。

彼女のメンタルケアは彼氏の務めだ。

こういったことを三代は面倒くさいと思わず、むしろある種の満足感すら覚えているので、苦ではなかった。

好きな子の支えとなれていると実感できる時、自分という人間の全てが肯定されている気がするのだ。
そして思うのだ。
自分は本当に志乃のことが好きなんだな、と。

閑話休題①：バクテリアさん、ぬるぬるだな。

三代のバイトは水族館の館内清掃であり、水槽についてのアレコレには基本的に携わることがないのだが、時々手伝いを頼まれることがある。

今日がその頼まれごとをされた日だった。

大型水槽の水を抜いて行う特殊清掃を手伝ってほしい、と言われた。

年末年始が過ぎ、学生たちの冬休みも終わった今の時期は来客も少なく、やるなら今、ということで先週あたりに決まっていたらしいのだが、本来予定していた人員の一人が外せない私事で急遽《きゅうきょ》休むそうで、穴埋め要員としてという話だった。

まぁ来客が少ないのだからそこまで三代とハジメも忙しくない。というわけで、特に嫌がることもなく了承した。

「それじゃあ水抜くぞー。入れそうな水位まで下がったら一旦排水は止めるから、そうしたら中に入って網で魚捕まえてくれなー」

「わかりました」

「藤原くんは文句ひとつ言わず淡々と、それもめちゃくちゃ早くこなしてくれるから本当に助かる。佐伯《さえき》くんの方は……ちょっと……うん……」

三代《さんだい》が機械の如《ごと》く黙々と指示をこなし続けていると、清掃の指示を出していた男性従業員が隅の人影を見た。

そこには、女の子座りで半泣きになっているハジメがいた。運動神経がよくないのか、すぐに滑っては転ぶというのを先ほどから繰り返している。

「うぅ……」

「大丈夫か？ 怪我《けが》ないか？」

「うん……」

三代が差し出した手を握り、ハジメがゆっくりと立ち上がる。しかし、すぐにまた滑りかけたので三代は慌ててハジメの体を支えてあげた。

「ありがと～！ ひぇ～ぬるぬるするよ～」

「ぬるぬるするのはバイオフィルムってヤツだな」

「ばいおふぃるむ？」

「バクテリアだ」

「ふぇえ～バクテリアさん嫌いだよ～」

「バクテリアさんも悪い子ではないんだ。とにかく、気をつけないとな」

「うん……とりあえず着替えてくるね」

ハジメは「へくち」と可愛《かわい》いくしゃみをすると、もじもじしながら更衣室へと向かった。

ハジメの後ろ姿を見ていた三代は、なんとも言えない表情になった。

水分を含んだ作業服がぴたりと肌に張り付き、ハジメの体のラインが浮き彫りになっているのだが、それがどうにも女の子だ。

「……佐伯くんは本当に女の子みたいだよな。そういえば、佐伯くんが更衣室に居る時はなぜか入り辛《づら》くてみんな外に出ちゃうんだよなぁ。彼が着替える前に」

男性従業員がぽつりとそう呟いた。

ハジメに違和感を抱いているのは三代だけではなく、周囲の人間も同じなようだ。気持ちはとてもよくわかるし、身に覚えもあるので三代はウンウンと頷《うなず》いた。

「そういえば、藤原くんは佐伯くんと仲いいよね？」

「まぁ友達ですね」

「ちょっと聞くんだけど、佐伯くんって本当に男の子？」

「本人がそう言っていますし、そうなんだと思いますが……」

ハジメ自身の言葉を信じたい、というのもあるが、それ以上に『そうであってくれないと困る』という切実な事情がある。

友達、という今の関係性は、同性だからこそというのが根底にあるのだ。万が一にも男の子でないとすると——様々な問題や支障が発生する。

なので、深く知りたくなかった。

観測さえしなければそれはないのと同じなので、三代はハジメをそのように扱うつもりでいる。シュレーディンガーの猫の原理と同じである。

「友達の藤原くんでもわからないなら、誰にもわからないか」

「そうかもしれませんね」

三代は適当に相槌《あいづち》を打つと、デッキブラシを持ってゴシゴシと掃除を始める。それから数分後に着替え終わったハジメが戻ってきた。

「ただいま～」

「おかえり。さ、掃除だ掃除」

三代はハジメが再び転ばないように注意を向けながら、もくもくと作業を続けた。水槽内清掃は滞りなく終わり、普通の館内清掃へと戻ることになった。

いつも通りのバイト風景だ。

ただ、来客の少なさゆえに、どうしても私語が多くなりがちにはなった。

「そういえば、結崎《ゆいざき》さんと上手《うま》くいってる？」

「上手くいってるぞ」

「嫉妬深くて重そうな結崎さんと何の問題もなく付き合えるって、凄いよね」

「他を知らない、というのもあるが、そもそも俺は相手に合わせるのを苦に思わない性格だからな。初めての彼女だし大事にしてる」

「結崎さんが羨ましいな」

「……羨ましい？」

「そうだよ。合わせるより合わせて貰《もら》う方が僕も好みだから、そうやって全部ひっくるめて受け止めて貰えるの、普通に羨ましいなって気持ちになるよ？」

わりと自己中心的、という自分の性格をハジメは認識しているようだ。

まぁ実際にその通りである。

三代にも色々と覚えがある。ハジメは『自分がそうしたいから』という理屈で動く時が多々ある。

ハジメはそんな自分を受け止めてくれる相手を欲しがっている……のかもしれない。

まぁ単なる世間話から気持ちの裏側まで予測してみたところで、当たっている確率などタカが知れているものだ。

いずれにしても、お仕事の続きである。

二人は今の会話はとりとめのない世間話として流し、与えられたルーチンワークをこなすのであった。

空は快晴──嵐の兆《きざ》しもなく風も穏やか。

今日はそんな日だった。

2月1日〜2月14日 バレンタインで甘えっ子ちゃんするね。

1

一月も終わり二月がやってきた。

穏やかにたゆたう日常は、二月の半ばにあるイベント――バレンタインデーが近づいたことで、少しずつ賑《にぎ》やかさを見せていた。

三代と志乃《しの》の二人も、恋人だからこそ当然バレンタインの熱にあてられた。

お昼休みに志乃は手作りのお弁当を三代に渡すと、

「ねぇねぇ、バレンタインもうすぐだね」

そう告げて、楽しみという気持ちが溢《あふ》れている顔になった。三代も気持ちは志乃と同じで、バレンタインを心待ちにしてたりする。

だが、その気持ちはあまり顔に出さずにいた。

溢れるありがとうの気持ちも、言葉も、なるべく当日に伝えたいからだ。

「バレンタイン……二週間後か」

「そだよ」

「チョコくれるのか？」

答えがわかり切っていることを、それでも、三代は言葉に出して聞いた。志乃はニマニマと笑いながら短く頷いた。

「うん！　手作りだよ！」

「お菓子作り得意だもんな」

「まぁあたしの数少ない自慢できる趣味だしね。ところで……バレンタインって日曜日だし……三代のマンションに泊まるけど、いいよね？」

──お泊まり。

その言葉が何を意味するのか、三代はすぐに理解した。その日は〝えっち〟してもいいよ、と志乃は言っているのだ、と。

思えば、冬休みに一緒の旅行に行った時に初体験を済ませてから、えっちはそれきりだった。どう誘えばよいのかわからなかったし、男の子である自分から告げるのは、なんだかそれはそれで体が目当てのようにも見えそうで嫌だったのもある。

志乃はそうした三代の考えを恐らくは見抜いている。

見抜いたうえで、誘ってくれているのだ。

志乃は以前に言った。

もっとなかよしになりたい、と。

それを受けて、三代は最終的には覚悟を決めて行為に至った。

だが――その一回限りで終わってしまっては、志乃の〝もっとなかよしになりたい〟を叶《かな》えたとは言えないのも確かだ。

継続的に続けることで、初めてもっと〝なかよし〟になれたと言えるのである。少なくとも、志乃はそういう認識でいる。

もちろん三代もそれはわかっている。

「わかった」

三代が力強く頷くと、志乃も嬉《うれ》しそうに笑った。

周囲に聞かれないよう声は抑えていたが、それでも溢れる甘い雰囲気にクラスメイトたちが眉を顰《ひそ》めていた。

そうして周囲が送ってくる視線の中の一つに、なんだか、少し雰囲気が違うものがあった。

視線の送り主は高砂《たかさご》だった。高砂はリスみたいな表情で、じっとこちらを見ていた。より正確には志乃を見ていた。

高砂はしばしの間を置いて、小動物みたいにわちゃわちゃした動きでこちらにやってくると志乃に話しかけた。

「あ、あの……」

「どしたの？」

「ちょっとご相談が……」

「相談？」

なんとなく、何の相談なのか横で聞いているだけの三代《さんだい》にもわかった。委員長にバレンタインのチョコをあげたくて、それで志乃に相談にきたのだ。

学祭の時にわかったことだが、高砂は致命的に料理やお菓子作りが苦手だ。クッキーを作るだけでも、得意な志乃に指示を仰いでなんとかなったのだ。

委員長に手作りのチョコをあげたいけれど、どう作ればいいのかわからないので教えてほしい、といったところだろうと三代は推測した。

その推測は見事に当たる。

「あたしに何を相談したいの？」

「チョコの作り方を……教えてほしいです……」

「バレンタイン？」

「はい！」

「委員長にあげるの？」

「はい！」

教室の壁を見つめながら、やっぱりな、と三代は思った。ついでに、志乃がどう答えるかも容易に想像がついた。

「まぁそれはいいけど……」

「ありがとうです！」

「変なの作って病院送りとかになったら、仲が進展する以前の問題だしね。あたしは前から言ってる通り委員長が苦手だけど、だからといって、別にまひろちゃんとの仲を破壊したいわけじゃないから」

志乃は嫉妬を起こさない限りは、同性には特に優しいし、それに面倒見だってよいのだ。了承するに決まっていた。

だが、問題が一つある。

恐らくだが、

「――じゃあ、三代も一緒じゃないとね。味見役に」

　まぁそうなるか、と三代はため息を吐《つ》いた。

　正直な気持ちを言えば、学祭の時の記憶がフラッシュバックしそうになるので、高砂の作るお菓子はあまり食べたくなかった。

　だが、志乃がやると言うのだ。

　彼氏として付き合う他にはなく、三代は諦め半分で頷《うなず》いた。すると……一体どうしたことか、志乃のギャル友達たちが集まってきた。

　ギャルに囲まれ高砂がぎょっとし、志乃は呆《あき》れた顔になる。

「おもしろそーじゃん。チョコ作り行くわ」

「ね」

「あげたい男の子は特にいないけどね」

「あんたはそうかもしんないけど、私はいるなぁ」

「マ⁉」

「この前さ、一年の男の子がちらっちら私のこと見てたから、『私のこと好きなの？』って聞いたら俯《うつむ》いちゃってさぁ」

「やばー……え、なに、彼氏にしちゃったの？」

「候補かな。まぁ好きになって貰えるの気分悪くないからさ、チョコくらいくれてやろーかなと」

「へぇ……年下趣味だったとは……」

「『私はそんな気ないけど』みたいな言い方してるけど、手作り渡すつもりとか、わりとその気になってんじゃん」

「黙れ」

三代はなんとなく自席で勉強をしている委員長を見た。委員長はくしゃみをして、『誰かボクの噂《うわさ》でもしているのか……』等《など》と言っていた。

2

今年のバレンタイン前日は土曜日であり、その日は学校はあるものの、三代も志乃もバイトが休みであったのでチョコ作りに丁度よきとなった。

放課後に一度解散し、各々《おのおの》材料を持ちより再集合する手筈《てはず》となった。

だが、どういう理由なのか、なぜか集合場所が三代のマンションになっていた。それを知らされたのが当日の放課後であった。

マンションのエントランスに材料を持参した五人組と高砂が集まっているのを見て、三代は額に汗を浮かべた。

「なんで俺の家なんだ？」

三代は志乃にぼそっと耳打ちで訊《き》いた。すると、志乃はバツが悪そうな表情で髪の毛をくるくると指で巻きはじめた。

「なんか、話の流れでそういう風になったたった」

「話の流れって……」

「あたしの家は遠いし、かといってまひろちゃんの家に行くのもギャル軍団で行かれても嫌だろうし」

「ギャル友達の家は？」

「五人の中の誰かの家でいいじゃんってのはあたしもゆったけど、でも、なんか『志乃だけの素敵な彼ピのお家《うち》を見たいなぁ』ってゆうから……」

三代のことを『志乃だけの素敵な彼氏』と褒められおだてられ、その気にさせられてこうなったようだ。

三代を褒められると判断が緩くなる、というのは志乃らしいといえば志乃らしくある。

まぁ、こうなってしまった以上は仕方がない。

今さら反対したところで、志乃の友達や高砂に理解がない怒りやすい彼氏、と揶揄《やゆ》されるだけであってよいことはないのだ。

「はえー……なんか綺麗《きれい》なマンションです」

「いいトコ住んでんねぇ藤原《ふじわら》」

「うちは鉛筆みたいなちっちゃい一軒家だから、こういうマンションとか羨ましいな～」

「あんたのパパ泣くでしょその発言。家族の為《ため》に頑張って買ったんだと思うけど、一軒家」

「別にパパのこと馬鹿にしてないよ～！　パパのお誕生日に毎年『ありがとね』ってお手紙書いてるし」

「園児かな？」

「なんでそんなことゆーの？　パパ大好きだもん」

「家族仲よろしいようで」

「つか結構私の家に近かったんだ、藤原の家」

「え？　そなの？　どこ？」

「あそこにタワマン見えるでしょ？　あのタワマンの最上階」

「……友達に金持ちおると思わんかったんですケド」

「驚愕《きょうがく》の事実」

「セキュリティも面倒くさいから、呼ぶのも疲れる思って呼んだこともなかったし、そんなこんなしてるうちに言う機会も失ってた」

「友達間で実家の格差ありすぎ問題勃発。一方はボロい豆腐屋や鉛筆みたいな家、一方はタワマン最上階……」

「タワマン凄《すご》いです……」

三代と志乃《しの》を置いて、変に盛り上がるギャル五人組と、雰囲気の朗らかさに当てられたのかこそっと高砂も会話に交じっていた。

志乃の友達と高砂は気が合いそうには見えないのだが、実際に関わらせてみると、少なくとも普通の会話はできるようだ。

お互いに勝手に壁を作っていただけ、というパターンが世の中には往々にしてある、というのがよくわかる。

ただまぁ、一般的な感覚と、実際が一致することもある。それは例えば、人という生き物が集団になると強気になる現象等がそうだ。

志乃以外の全員が、三代の家に入るや否《いな》や、興味津々《きょうみしんしん》に許可も取らずに色々なものを漁《あさ》り始めた。

「へー、結構広いじゃん。うわっ、このソファふっかふか」

「掃除しっかりしてんね」

「こういう隙間にエロ本とか隠してるのが男の子……あれ……ないな」

「こっちじゃない～？」

「そっちか！」

「男の子のお部屋、そういえば、私は初めて入りました。……あ、これゲームセンターで見たことあるぬいぐるみです！」

勝手に人の家で物色を始めるんじゃない――と、三代が怒ろうとすると、それよりも先に志乃がすっと前に出た。

「……ちょっと」

呟《つぶや》きに近いくらいの小さな声だった。

しかし、低く通るような志乃のその呟きは、怒気のようなものを付帯させており、全員がそれを感じ取って大人しくなった。

「あ、思い出した！　今日はチョコ作りにきたんだよね」

「ね」

「あんまり物色しちゃダメダメ」

「そだね」

「志乃の彼氏の家だしね。私らの彼氏の家じゃないから、ある程度の節度はひつよーだよね」

「し、失礼にならないように……」

大人しくなったのであれば、これ以上は責める必要もないと思ったらしい志乃は、フンと鼻を鳴らした。

志乃は常識人のような態度を取るが、しかし、思い返してみれば志乃も最初に三代《さんだい》の家に入った時に家探しをしようとしていた。

あまり他人を責められる立場でもないハズだが……まぁ、それを指摘してもロクなことにはならないので、黙っているのが正解である。

「ほら、材料を出して出して」

志乃にそう促され、各々が持ち寄った材料を机の上に置いていった。

特に問題がなさそうな材料が次々に並べられていくが、高砂《たかさご》が袋から出したとある物に、皆の目が釘付《くぎづ》けになった。

「あの、まひろちゃん」

「はい！」

「あの……なんかさ……変なのないかな？」

「へ？」

「なんで大量にカカオ豆があるのかなぁって……」

「チョコってカカオからできてるので……」

志乃がぎょっとし、ギャル五人組も「⁉」と困惑した。

だが、高砂は何か変なものを持ってきそうだな、となんとなく思っていた三代だけは驚かずに椅子に座ってたそがれた。

「あ、あのね、チョコは板チョコとかでいーんだよ？」

「で、でもそれだと、チョコ作れないんじゃ……？」

「溶かすの！　板チョコ入れたボウルをお湯に浮かべて、それで溶かすの」

「……」

「例えばだけど、チョコって温かいトコに置くとどうなる？」

「溶けます……ね」

「ね？」

「あっ……なるほど……」

ようやく高砂は気づいたようだ。

世間一般的に言うところのチョコ作りというのは、原料からの精製ではなく、既製品を溶かしてアレンジして作るものだ、と。

「た、高砂って、もしかしたら志乃より頭が悪い……？」

「やば～私でもカカオ豆からつくろーなんて思わないよ～」

「学校の勉強はできそうだけどね、高砂」

「天然？」

「そんな雰囲気はないんだけど、まぁでも、行動だけ見たら天然……っぽいね。あざとさが特にないから天然っぽくは見えないんけど、行動が完璧にそう」

今回もまた志乃への負担が重いのだろうな、と三代は心中で同情するのであった。

3

三代の予想通りに、チョコ作りは至難を極めていた。

高砂は当然のようにやらかすし、そんな高砂を「やれやれだなぁ」と上から目線で見ていたギャルたちも、決して料理やお菓子作りが得意ではなく、ちょくちょくやらかしていた。

その度にフォローに回る志乃が目をぐるぐるにして忙しくしていた。

「ひぇ～」

「結崎《ゆいざき》さん……すみません」

「私らも高砂のことあんま言えなかったわ。ごめんネ」

「悪気はないんだよね～」

三代も志乃を助けてやりたいところだが、下手に動いてもロクなことにはならないのもわかっている。

男の子には黙って待つ度量も必要だ――等《など》と一人納得する三代であったが、志乃は何か思うところがあるのか、時おりじとっとした目でこちらを見てきた。

「……ん？　どうした？」

「や、別に」

少しくらい動いてよ、と言いたげな目だ。

気持ちは痛いほど伝わってくる。

だが、そうして動いたところで、足手まといが一人増えてさらに志乃が忙しくなるだけである。ここはどのような目で見られようと、じっとしているのが正解なのだ。

ただ、そうはいっても突き刺さる視線はやはり心臓に悪いので、三代は少しの間外を散歩してくることにした。

「いち段落するまで、俺はいても邪魔なだけだな。少し外で時間潰してくる」

三代は志乃にそう告げると、んんっと伸びをして上着を羽織る。志乃の突き刺さるような視線がさらに強まるのを感じたが、気にしないフリだ。

「……逃げたな」

志乃の恨めしさの混じった呟きを背中で受けながら、三代は外へと出て、適当に近場を散歩して時間潰しに入った。

天気はそう悪くなく、若干の雲はあるがしっかりと太陽が浮かんでいて、僅かながらにぽかぽかな陽気が肌を撫《な》でる。

まだ二月も半ば頃と季節は冬ではあるものの、少しずつ、春が近づいている気がした。三代と同じような感覚の人が多いのか人通りも多かった。

――明日バレンタインだ。職場で義理チョコ配るのも面倒だなぁ。友達とか彼氏にあげるのは全然いいんだけどさ、職場で同僚とか上司に配るの疲れる。

――気持ちわかるけど、『私は渡しませんから！』とか言ってもさ、棘《とげ》あるとか言われて空気悪くならない？

――なる。

——なるよね！　でもさ……こっちが空気悪くしない為《ため》に渡しても、男連中ってホワイトデーに何か返してくれるかって言ったら『忘れてた』とか言い出したりさ、こっちが渡したのよりどう見たって安い板チョコとか返してこない？

——三倍返しって言うけどさ、実際に三倍で返してくれた男を私は見たことない。

——どこ行ってもバレンタイン一色……モテない俺には縁がないイベントだ。

——縁がないのは俺もだわ。前向きに考えようぜ。よく捉えればホワイトデーのお返しを考えなくて済むんだから、経済的負担がゼロとも言える。

——そりゃそうだが、そういう考え方はモテない自分を正当化してるみたいで、なんか嫌だな。

——真面目なのは結構だが、たまには非モテな自分を正当化してやらないと、心がダメージを負うだけだぞ？

近くの駅前広場の階段に座り、三代は欠伸《あくび》をしながら人混みを眺める。明日がバレンタインということもあって、聞こえてくる道行く人々の会話もそれ一色だ。

何をするでもなくぼうっとしていると、そろそろ、志乃《しの》たちのチョコ作りもいち段落していそうな時間になったので三代は戻ることにした。

その時である。

ふいにスマホが鳴った。

発信者の名前を確認すると、父親の二代《にだい》からだった。三代は通話をタップする。

「もしもし」

『久しぶりだな。すまんな。色々と忙しくてな』

「いいよ別に。なんかこの前テレビに出てたの見たし、忙しいんだろうなってのもわかるし。災害特集のヤツ。それで……急に電話ってどうしたの？」

『少し様子が気になっただけだ。「ぎゃるの彼女」ができたみたいな連絡を前にしてきたろ？　その後どうなったかなと思ってな』

「普通だよ。仲よくやってる」

『そうか。ならよかった』

「それだけ？」

『いや、あともう一つ……お前の担任の中岡《なかおか》先生、元気か？』

中岡の名前を出され、三代は「ん？」と首を傾《かし》げる。

「中岡先生……？」

『そうだ。まぁ気にしてるのは俺じゃなくて、お母さんの方だけどな。色々と思うところがあるんだろうな』

もしかすると、担任がきちんと息子のことを見てくれているだろうかとか、そういう懸《け》念《ねん》だろうか？

三代《さんだい》の両親は海外在住であるので、三者面談のようなものは当然いつも欠席であるから、直接に中岡と話す機会もなく気になることもあるのかもしれない。

「まぁ普通じゃないかな？」

『そうか。そう伝えておく。……いきなり電話して悪かった。俺も仕事の続きがある。それじゃあ切るぞ』

ぶっきらぼうな親だが三代も慣れていた。決して悪い親ではなく、ただ、お互いに距離感がいまいち摑《つか》めずにいる。

もう少し近づいてほしい、等といった考えを今の三代はあまり持っていなかった。人はそれぞれで、それは親であっても同じだからだ。

親の方からもっと歩み寄ろうとしてきたり、それを望んだ時に、三代の側が変な意地を張らずに応えればよいのだ。

それだけだ。

「……さて」

志乃たちのお菓子作りの成果を確認する為に、三代は駆け足でマンションへと戻った。

4

玄関に入ってすぐに、充満する甘すぎるチョコの匂いに、三代は「うっ」と腕で鼻を押さえた。

嫌な予感がした。

今すぐ帰りたい思いに駆られるが、帰るべき我が家がここなのだ。逃げるわけにもいかず、三代はそーっとキッチンの様子を窺《うかが》った。

すると、志乃も高砂《たかさご》もギャルたちも周辺に倒れて呻《うめ》いていた。

「う……」

「ただチョコを作るだけなのに、どうして……」

「がんばった……」

「疲れた……」

「……菓子作りは奥が深い」

「ひぃひぃ……」

溶かして固めるだけ、と聞けば簡単そうにも思えるチョコ作りだが、普段からやっていないと加減や塩梅《あんばい》に苦心してしまうようで、その結果がこの惨事のようだ。

三代が静かに合掌すると、志乃がよろよろと立ち上がる。

「ようやく帰ってきた……役に立たん彼ピめ……」

志乃の声には怨嗟《えんさ》が籠もっている。本気で怒っているわけではないのは感じるが、それでも何が引き金になるかわからないので、三代は苦笑で誤魔化した。

すると、志乃は幾つかのチョコが載ったプレートを差し出してきた。

「これは？」

「完成品。大丈夫なやつ」

食べてみて、と志乃が口に運んでくれたのでパクっと食べる。どれも甘過ぎず苦過ぎず、丁度よい感じだ。中でも焼きチョコはサクサクしていて食感もとてもよく、下手な既製品よりも美味《おい》しかった。

「……おいしいな」

「徹底的に教えたからね」

「徹底的に……それで全員倒れてたのか」

「うん」

志乃もわりと凝り性というか、融通が利《き》かない頑固さを持っている。それゆえに、納得がいくレベルになるまで妥協せず教え込んだようだ。

「あと残ってるのはラッピングだけだから、それは一緒にやってよ？」

それぐらいなら自分にもできる、と三代は志乃に指示を仰ぎ、言われた通りにラッピングを施していった。

形が崩れないように、一つ一つ丁寧に収める。

全ての作業が終わると、外はもうすっかり夕方になっていた。

高砂とギャルたちはラッピングされたチョコを手に、「ちゃんと作れたし、そろそろ帰るね」と一人また一人と帰っていった。

残された三代と志乃の二人は後片付けを始める。

「あいつらアッサリ帰ったが、後片付けも手伝えよと思う俺がおかしいのだろうか？」

「そんなことないよ。あたしも若干それ思ってたとこだし」

「だよな」

「ね。まぁでも、そういう子たちだし、諦めるしかないのかなって気持ちもある。それに、まひろちゃんとかは渡す相手のことで頭もいっぱいだろうし」

「委員長に渡すんだろうな。進展するといいな」

「委員長のことだし、最初は戸惑っても『ボクの為に作ってくれたと言うのか?』とか言いながら、素直に受け取るんじゃない?」

「若干……委員長のこと馬鹿にしてるよな?」

「だって嫌いだもん」

キッパリと『嫌い』と言い切る志乃だが、だからといって嫌がらせをしたりはしないのであって、そういうところから生来の生真面目さが窺える。

三代が絡《から》まない限りは、『それはそれ、これはこれ』ときちんと分けているのだ。

「嫌いだからといって相手を貶《おとし》めようとかしないのは、志乃のよいところだな。ちゃんと分別がついてる」

「そうかなぁ?」

志乃はきょとんと首を傾げる。どうやら、自分のよいところをきちんと把握していなかったみたいだ。

まぁ、他人のことはよく見えても自分のことはわからないという人間は多く、志乃もそういう側面を持っているのだ。

「変にあざといより、俺はずっと好きだけどな」

「よくわかんないけど、三代が好きでいてくれるなら、それでよし。ところで……あたしもあたしで明日のバレンタインのチョコ作ってあるからね？　これ見て」

志乃が冷蔵庫を開けると、見覚えのないポットのような容器がおいてあった。聞くと、この容器は志乃の持ち込みであるとのことだった。

この中に……チョコが入っているのだろうか？　だが、チョコは普通このような容器に入れるものだろうか？

なんだか気になって仕方がないので、三代はそーっと手を伸ばして中を確認しようとする。すると、ぺしっと志乃にはたかれた。

「明日のお楽しみ！」

「そ、そうか」

「勝手に中を見たら〝めっ〟だからね？」

バレンタイン当日のお楽しみであるそうだ。

まぁ何日も待たされるわけではなく、たった一日だ。三代も子どもではないので、それぐらいは普通に待てる。

というところで、後片付けの再開である。

高砂やギャルたちが失敗を続けてくれたせいで、結構派手に散らかっていることもあり、全て綺麗《きれい》さっぱりにできたのは午後の八時を過ぎた頃になってしまった。

お泊まりは明日であるので、今日は志乃《しの》を家まで送った。途中、夕食を食べていないことに気づいて適当なお店で二人で済ませた。

「ちゅー……は、明日にとっておく！」

志乃は〝大好き〟を明日のお泊まりで爆発させたいようで、今日の甘えっ子ちゃんは控える方針らしく、自宅である豆腐屋の前でそう言った。

イベント時のいちゃいちゃを楽しめるよう、志乃なりに、前後で無意識に気持ちを調整しているようだ。

気持ちの調整――というと、難しくも思えるが、そんなことはなく実際は誰もが自然とやっている行動である。

プディングを冷蔵庫に隠して後で食べる楽しみにするのもそうだし、気になっていた本をきちんと時間が取れて余韻に浸れる状況で読もうとするのもそうだ。

こうした行動は、無意識に行われる日常の習慣だ。つまり、よい意味では気を使うことがなくなり、志乃にとって三代が完全に日常の一部となった、ということを表していた。

「ん……なんだ、志乃帰ってきたのか。藤原《ふじわら》くんが送ってくれたのか。いつも悪いな」

店舗の扉がガララと開き、中から大吾《だいご》が出てきた。

大吾は夜にもかかわらず作務衣《さむえ》姿の薄着だが、肉体そのものに耐寒性があるのか、寒そうにしている素振りもなく頭を掻《か》いていた。

大吾の登場に、志乃が露骨に不機嫌そうな顔になった。

「そ、そんな嫌そうな顔しなくても……お前を送ってくれた時、俺か子子《ねこ》どっちかいればいつも挨拶とかしてる仲だろうが藤原くんとは。なんで今日に限って」

バレンタイン前夜の彼氏とのひと時を邪魔されたから、というのが志乃が不機嫌な理由であるのは明白だが、大吾はそこまで考えが至らなかったようだ。

だが、大人になって家庭を持つと、そういったイベントごとには疎《うと》くなる人も増えるのであって大吾が悪いわけではないのだ。

少し話は逸《そ》れるが、三代は大吾の素顔をきちんと見た時に少し驚いた。

初めて会った時、大吾の顔はぼこぼこに腫れ上がっていて原形がわからなかったが、改めて見ると顔が整った優男な容姿だったのだ。

雰囲気で薄々察していたが美希《みき》に似ていた。いや、大吾が美希に似ているのではなくて、美希が大吾に似ているのだ。

「もぉ！　お父さん空気読んでよ」

「空気読むって……なんか玄関で誰かが会話してるのに気づいて、そろそろ帰ってきたのかなと思って見にきただけだが……お父さんが悪いのか？」

「そ、そうか。ところで藤原くん、電車まで時間あるなら中に入って時間潰していくとい
い。お土産に帰りに厚揚げを持たせてあげるぞ」

「いいから厚揚げなんて！」

始まった親子喧嘩《げんか》に割って入るのも勇気がいるが、かといって結崎《ゆいざき》家とは全体的に仲良
くはして貰《もら》っているので、素知らぬ顔をするのもそれはそれでモヤるものだ。

三代《さんだい》はなんとか二人をなだめることにした。

「まぁまぁ、志乃も落ち着いて。ほら、厚揚げ俺も好きだから」

「ほら藤原くんも好きだって言ってる」

「気を使われてるだけじゃん！　察してよ！」

三代の助け船に大吾が変な乗っかり方をするものだから、逆に志乃がヒートアップする。

どうしよう、と三代が困惑していると、奥から子子がやってきて大吾の耳を引っ張った。

「何をしてるの⁉」

「子《ね》……子子」

「娘の彼氏の目の前で、なんで娘と喧嘩しそうになってるの？　藤原くんが困るでしょ
う？　彼女の志乃の側に立ちたいけど、でも家族の印象悪くなったらどうしようかなぁと
「悪い」

か思ったりすると思わない？」

「……」

子子に諭され、大吾はしゅんとなって屋内に引っ込んだ。そんな大吾の背中を、志乃が睨《にら》み続けている。

志乃は大吾に厳しいが、しかし、決して嫌いというわけではないハズだ。嫌っているのではなく、あくまで怒っているのだ。

嫌いであると怒っているは似て非なるものだ。

「ごめんなさいね」

子子に謝られ、三代は慌てて両手を振って『気にしていないので！』と伝えた。すると、子子は志乃がこちらを見ていないのを横目で確認してから、三代の耳元でそっと囁《ささや》いた。

「明日、志乃が泊まりに行くんでしょ？　大吾さんは知らないんだけど、私の方からも上手《うま》く誤魔化しておくね」

「え……？」

「ただ、一つだけ守ってほしい約束があるんだけど、避妊はちゃんとしてね？」

性にまつわる話を彼女の親からされると、なんとも言えない恥ずかしさがこみあげる。

だが、言われていることの意味は三代もきちんと理解していた。

中岡《なかおか》にも前に言われたことがあるが、年齢的にも異性の体に興味が出てくるのは自然なことで、健全な欲求である。

ただ、二人はまだ学生だ。

妊娠させたとなると志乃も困るし、三代だってすぐに責任を取れる立場でもないのだ。

きちんと避妊をすることで、正しく健全に恋人同士として触れあいましょう、という意味での『避妊をちゃんとしてね』なのだ。

三代が耳を少し赤らめて「はい」と頷《うなず》くと、子子は嬉《うれ》しそうに笑った。

大吾の姿が見えなくなり、そこでようやくこちらを向いた志乃が、状況を把握しきれずに「？」と首を傾《かし》げていた。

5

バレンタイン当日——日曜日。

今日は三代も志乃も午前中にシフトが入っており、午後から合流して、それから二人きりの時間を過ごす予定だ。

バイトをいつも通りにハジメと一緒に無難にこなしていると、瞬《また》く間《ま》に退勤の時間とな

ったので、三代はそそくさと着替えを済ませ、

「それじゃお先に……」

ぺこりと事務所で頭を下げた。すると、その場に居合わせた小牧《こまき》と、退勤も一緒の時間であるハジメの二人に呼び止められた。

「あっ、三代待って！」

「藤原くん、ちょっとちょっと」

三代が振り返ると、小牧からは小さなピンク色の袋を、ハジメからは赤いリボンのついた白い小箱を渡された。

「これは……」

三代は鳩《はと》が豆鉄砲を食ったような顔になった。

「今日バレンタインだから、チョコ！　三代にだけ特別！」

ハジメがそう言うと、続いて小牧が小さく息を吐いた。

「私もバレンタインだからチョコ。皆に渡してる」

どうやら、二人ともバレンタインのチョコを用意してくれていたようだ。

だが、小牧はまだ立場上の気遣いとして用意してくれたのがわかるが、ハジメがくれる理由はよくわからなかった。

三代がじっと見つめると、ハジメは両手を後ろで組んで、そこまで上手でもない口笛を吹いた。

「今は男の子同士でも友チョコ当たり前の時代だからね～」

果たして本当にそうなのだろうか？　抱く疑念は簡単には払拭《ふっしょく》できないが、友達がハジメ以外にいない三代が実際を知る術《すべ》はないのである。

なので、そういうものだと思うことで終わりにしたし、そう考えると、なんだか色々と腑《ふ》に落ちてきた。

ハジメは『三代にだけ特別』と言ったが、これはあくまで〝職場では〟という意味に違いないのだ。職場にいる友達が三代のみなのだから、自動的に職場において特別に渡す相手になる、という流れであるわけだ。

「小牧さん、ありがとうございます。佐伯《さえき》もありがとう！」

三代は屈託なく笑ってお礼を告げて外に出ると、すぐにチョコを頬張って胃に流し込む。志乃に見つかったら大変なので食べて片づけたのだ。

小牧のは駄菓子のようなチョコ菓子の詰め合わせで、ハジメのは高級ブランドのチョコだった。小牧のくれたチョコ菓子は舌に馴染《なじ》みのある味で、ハジメの高級ブランドのチョコは普段は食べない深い味わいを感じさせる。

何はともあれ、今日はここからが本番だ。

三代は志乃《しの》のバイト先のカフェへと入り、ホールスタッフの女の子に席まで案内して貰った。

「はいはーい。こちらでーす」

「ありがとうございます」

「いえいえ〜ふふっ、今日はバレンタインだから彼氏特典ちょっと豪華だよ〜！」

今日の彼氏特典は世間のイベントに合わせているらしく、チョコケーキが出てきた。一口頬ばると、ふわふわの生地の食感と、存在感のある甘さがスゥっと鼻頭をくすぐってきた。

美味だ。

しかし……先ほどハジメと小牧から貰ったチョコも食べたばかりということもあって、彼氏特典を食べ終えると胃もたれがしてきた。

この後、志乃が三代の家の冷蔵庫に入れたままのチョコも食べることを考えると、少々自分の胃が心配になってくる。

まぁだが、それは杞憂《きゆう》というものだ。

すぐに家に帰るのではなくて、ちょっとお散歩デートも挟めば少しはお腹《なか》も空《す》いて胃もたれも改善する。

三代《さんだい》は何気なく窓の外を眺めた。今日はバレンタイン、そして日曜日ということもあって、主に男女のペアが行き交っていた。

通り過ぎる男女が恋人同士なのか、それともそういう関係になる為《ため》に気合を入れて今日という日に誘った結果なのかはわからないが、まぁ大抵の人間が考えることは似通っていて、三代が志乃といちゃいちゃする気なのと同じようなことを考えているハズだ。

紅茶を一口飲み、三代が「ふぅ」と軽く息を吐くと、窓ガラスが少しだけ曇った。暖房の利《き》いた店内ではあるが、それでもこういう現象が起きることもあるようだ。

三代はなんとなく、本当に理由もなく、白くなった窓ガラスに指で傘を描き、その下に収まるように志乃と自分の名前を書いた。

いわゆる相合傘を作ってみたのだ。

なんとも子どもじみた洒落《しゃれ》だが、それでも、なんだか微笑《ほほえ》ましい気持ちになれて頬が緩んだ。

「なにやってるの？」

三代がハッとして振り返ると、バイトを終えて私服に着替えた志乃がいた。

「なんでもない」

三代は窓ガラスを袖で拭いて相合傘を消した。

「窓ガラスに何か描いてた？」

「え？　なにも描いてないぞ？」

「ちらっとなんか見えてたもん！　なに描いてたの？　教えて！」

志乃に「教えて」と食い下がられるが、三代は「秘密」で押し通した。

「なんで教えてくれないの？」

「なんでだろうな」

「いぢわる！」

志乃はリスみたいに頬を膨らませるが、これは本気で怒っているわけではなくて、あくまでちょっとムッとしているというお気持ち表明だ。

ただ、この状態から下手につつくと、本格的に怒らせてしまう可能性もゼロではない。

三代はこれ以上引っ張ることをせず席を立った。

「さ、志乃もバイトが終わったみたいだし、そろそろ出るか。すぐにマンションに行くのもアレだし、少しお散歩デートしてこうな」

「話を流そうとしてない？」

「そうだな流そうとしてる。流されてくれ。お散歩デート嫌いか？」

「……嫌いじゃないけど」

三代が手を握ると、志乃はぶつくさ文句を言いながらも、ぎゅっと握り返してくれた。

どうやら、三代の要望通りに流されてくれるようだ。

6

お散歩デートに特別な刺激は何もない。適当に歩いて、適当に休んで、なんとなく目についた商業施設に入って時間を潰すだけだ。

味気ない、と思う人もいるかもしれないが、交際の仕方は十人十色だ。

三代はジェットコースターのような付き合い方はしたくなくて、志乃も二人きりの時間を緩やかに過ごすことを望んでくれているので、こういう感じでよいのだ。

もちろん、何かの記念であったり、思い出に残るような何かをしなければと思う時には行動に移すこともある。

そこらへんは臨機応変に対応である。

そんなこんなで気がつけばもう夕方になっていた。

三代の胃もたれもすっかり解消していたし、肌寒くもなってきたので、そろそろマンシヨンに帰ることにした。

「夕方になると寒くなる時あるな」

「何日か前にもちょっと雪降った時あったしね」

「ちらちら降ってたな。まぁすぐに雨に変わってたが……」

「雪っていうとさ、修学旅行の行き先が函館《はこだて》になったみたいけど、向こうは雪がドサーって積もってるのかな？」

「どうだろうな。まぁ行けば嫌でもわかる」

そろそろ迫ってきている修学旅行の話題も出しつつ、三代はふと買い忘れていたものがあることに気づいてコンビニに寄った。

「何か買うの？」

「ちょっとな」

三代が向かったのは、男性用の化粧品や包帯などが置いてある区画だ。だが、そこにお目当てのものはなかった。

どうやら、置いてあるコンビニと置いていないコンビニがあるようだ。どこの店舗にあるのか見分け方も三代にはよくわからないので、絶対に売ってある場所をスマホで調べてみた。

すると、コンビニを無駄に探すよりも、薬局に行けば絶対あるので薬局に行った方がよい、という情報を見つけた。

確かに、薬局なら絶対にあってしかるべきものである。というわけで、三代は近くの薬局に寄った。

「ねぇ三代」

「ん？」

「コンビニ入って首傾《かし》げて何も買わずに出て次に薬局……何を買いたいの？」

「コンドーム」

隠すほどのことでもないので、三代は直球で告げた。すると、志乃はゆっくりと瞬《まばた》きを一度して、それから前を向いて「そっか」と呟《つぶや》いた。

バレンタインにお泊まり、と言い出したのはそもそも志乃であり、それが元々ある程度の覚悟を伴っていた発言であることもあってか、志乃に動揺した様子はなかった。

ただ、よく見ると、志乃の耳に熱がともって若干赤くなっているのがわかった。顔も横に向けたままだ。

避妊具は大事だ。

志乃の母親である子子《ねこ》からも避妊はしてね、とお願いされているし、それに、何かあった時に困るのは女の子である志乃なのだ。

志乃に負担をかけない為にきちんと使うべきものだ。

というわけで――コンドームが置いてある売り場にやってきた。

色々と種類があるようだが、なるべく破けたりしないように、厚みがあるものを選んだ。薄さを売り文句にしている商品もあったが、一時の快楽に負けて万が一の事態が起きてしまっては意味がないのでパスだ。

なるべく店員の顔を見ないように手元を注視しつつ、お会計を済ませ、紙袋に入れられたコンドームを受け取ってそそくさと店の外へと出る。

一般的に、避妊具を買う人は当たり前にいるものであり、過敏に人の目を気にする必要もないのであって、だから店員も流れ作業のように相手をしてくれていたのだが……。

まぁ、こういった挙動不審は、慣れるまでの間多くの人が通る道だ。あの時は初々《ういうい》しかったよね、といつか思い出として語れる日もくる。

それまでは、甘酸《あまず》っぱい気持ちと感覚を楽しんだ方がよいのだ。三代がそこに気づくかどうかはわからないが……。

7

三代の家に入るや否《いな》や、志乃《しの》は冷蔵庫に置いていたチョコの入った容器の中身を確認し、それからなぜか電子レンジで温め始めた。

（なんでチョコを温めているんだ？）

三代が訝《いぶか》し気に見つめていると、十秒か二十秒くらいという短時間で、電子レンジが鳴った。

志乃はキッチンミトンを着けると、電子レンジから容器を出して、テーブルに置いた台の上に載せた。

「よし」

「一応聞くが、それ……チョコなんだよな？」

「そだよ」

「電子レンジで温めたのは、どうしてだ？」

「そういうやつだもん」

志乃が容器の蓋を開けると、トロトロになっているチョコがそのまま入っており、ますます三代は混乱し始める。

するとと、志乃は今度は冷蔵庫の野菜室を開け、そこからイチゴやバナナの果物を持ってきた。三代は野菜室など滅多に見ないし、そもそも空にしていたハズなのにそこに物があるのが不思議でならず、思わず無言で志乃を見つめる。

「……」

「な、何その顔は。あ、なんで果物あるのかって？　昨日のチョコ作りの時に買って持ってきたんだけど、それこっそり入れてたからだよ？」

生活用品しかり、ゲームセンターで獲《と》ったぬいぐるみしかり、志乃は自分のものを三代の家に勝手に置くようになっているが、どうやら冷蔵庫の中も例外ではないようだ。

家族から離れて恋人と二人だけの空間に比重を置きたくなる気持ちは、一般的な感情であるので三代も感覚的に理解できる。

ある程度許容すべきだ。

「名前書いてないお菓子とかは勝手に食べていいからね？　あたしが絶対に自分で食べるって決めてるのは、ちゃんと名前書いとくから」

「俺も自分専用の食べ物とかには名前を書くようにしておくか」

二人で決めたルールはまだ多くないが、こうやって徐々に増えていけば、忘れてしまうことも出てきそうだ。

なので、三代《さんだい》はとりあえずささっと食べ物に名前を書くルールを紙に書き、それを壁に貼りつけた。

「う？　なに貼ってるの？」

「忘れないように二人で決めたルールを書く紙を貼った。俺も結構忘れがちだからな」

「ほほう……なるほどね。あたしもすっぽ抜ける時あるから書いてくれるの助かる」

紙には余白がまだまだ沢山ある。

これから、どんどん決まりごとが増えて一枚では収まりきらなくなる……ぐらいガチガチに定めても辛《つら》くなりそうなので、一枚に収まるくらいの緩《ゆる》さで留《とど》めようと三代は思った。

まぁそうした一幕はさておいて。

トロトロのチョコと果物……志乃は一体これをどうするつもりなのだろうか？　三代はしばし悩む。

すると、志乃がフォークに刺したイチゴをチョコに半分ほど浸して、それをそのまま三代の口の中に捻《ね》じ込んできた。

「ほい」

「むごっ……」

「ふふ、こうやって食べるんだよ」

チョコは固まっているもの、という認識の三代にとって目からうろこの食べ方だった。チョコの甘い匂いが再び胃もたれしそうになるのを、果物のさっぱりとした風味が打ち消してくれるので、とても食べやすくもあった。

浸《つ》けるという食べ方なので量の調整も容易で、甘いものが苦手な人でも十分に楽しめる画期的な食べ方だ。

「はい、あーん」

志乃があーんしてくれるので、何もせずとも口元に運ばれてくる。だが、して貰《もら》うだけは三代の性分に合わないので、お返しに今度はこちらからあーんだ。

「ほら、あーん」

「もぐもぐ」

「もぐもぐを口に出して言う人間初めて見たな」

「か、かわいいでしょ？」

「あざとすぎる」

「あざといの嫌ぃ？」

「誰がやるかによるな。他の女の子にやられたらドン引きする自信があるが、志乃がやるのは好きだな」

そんなやり取りをしている最中、三代は志乃の口端にチョコがついているのを見つけた。あーんした時についてしまったようだ。

「悪い、今あーんした時に口の端にチョコついたみたいだ」

「え？ あ、ホントだ」

「拭ってやるよ」

三代は近くにあったハンカチで拭おうとする。だが、それに志乃が待ったをかけた。

「拭うの駄目！」

「駄目って……」

「拭うんじゃなくて、別の方法で綺麗《きれい》にして……？」

そう言って目を瞑《つぶ》った志乃を見て、三代は何を望まれているのか理解した。なので、望み通りの方法でチョコを取ってあげることにした。

淡く触れるくらいのキスで、志乃の口の端を綺麗にしてあげた。すると、志乃はちょっとだけ肩を震わせて、それからゆっくりと瞼《まぶた》を上げた。

志乃の瞳の奥は潤んでいて、胸の鼓動の高鳴りも止まらないのか、浅い呼吸を何度も繰り返している。

お互い無言のまま見つめあった。

先にハッとしたのは志乃の方で、それからすぐに慌てて近くにあったぬいぐるみを三代に押しつけてきた。

「ぬいぐるみ……？」

志乃は熱を帯びた朱色に染まる顔を両手で覆って隠しながら、

「えっち……だいじょぶだよって合図。生理とか体調次第で無理な時あるけど、そうゆうの雰囲気で察してってゆってもわかってくれない時あるかもだし、だから、こうやってぬいぐるみを渡した時が『今日だいじょぶだよ』ってことで」

男の子と違って、女の子は好きな時にえっちができるわけではない。どうしても周期で体調の上下はあるし、個人差はあれどその前後にメンタルが不安定になることもある。

それは本人の意思でどうこうできることではなくて、体がそういう構造なのだから受け止める以外にないものである。

ただ、毎回それを適切に伝えるのは女の子の側も大変だし負担だ。かといって、男の子の側に雰囲気で察して貰うのにも限界がある。

三代は男の子にしては気づける方だが、それでも完璧ではない。志乃はそれを踏まえたうえで、ぬいぐるみを使うことで、適切に正しく自分の状態を伝える方法を思いついたようだ。

「わかった」

三代が了承すると、志乃は顔を両手で覆ったまま、こくこくと何度も繰り返し頷《うなず》いた。

志乃が勇気を出すのはここまでで、ここから先は三代が行動で示す番だ。

三代は勢いよく志乃を抱っこする。志乃は「ひゃっ」と驚いて、慌てて三代の背中に手を回し、気がつくとコアラみたいになった。

「よしよし」

「う〜！　普段はあたしが三代をべいびー扱いするのに、逆になってる〜！」

「ベッドの上では、赤ちゃんと遊んであげてる時みたいに優しくする、っていう俺からのメッセージだな」

「ばぶばぶ！　ばぶばぶ！」

「本当に赤ちゃんになるな」

「自分もやったことあるクセに……」

「どうだったかな。記憶にないな」

「三代も言ってたよ『ばぶばぶ』って。ってか、先にお風呂《ふろ》入ってキレイキレイしてからね」

「そうだな。一緒に入るか」

「……うん」

一緒にお風呂に入ってからの二度目のえっちは、一度目の時よりは緊張感がなかったが、それでも色々と手探りだった。

ただ、思いやる心だけは忘れずに、優しく、この行為が二人の心をより強く結びつける為《ため》のコミュニケーションの一つだという認識だけは抱き続けた。

その気持ちを失《な》くしてしまっては、ただのケダモノでしかないからだ。

爛《ただ》れた性欲に溺れる者もいるのだろうが、三代はそういった類の男の子ではなかった。

心の大部分を占めているのは、〝好きだから触れあいたい〟という純粋な想《おも》いなのだ。

8

「ちゅかれた～！」

「意外と体力使ったな」

行為が終わったあと、二人は再び一緒に体を洗ってお風呂に入っていた。そのまま寝てしまってもよかったのだが、結構汗を掻《か》いてしまったこともあり、もう一回入ろうとなった。

志乃《しの》は三代の両脚に挟まるように収まり、背中を預けてくれる体勢だ。この体勢だと、三代の鼻先に志乃の頭がくる。

志乃の首筋から、以前にも感じたことがある女の子の匂いがした。思わず三代は鼻を近づけてひくつかせる。

すると、志乃が慌てて首筋を手で覆い隠した。

「やだぁ！　まだちょっと汗臭いかもしれないのに……なんで匂いかぐの？」

「志乃の汗っていい匂いする」

「化粧品とかの匂いとかでそう言って貰えるなら嬉《うれ》しいけど、自分の体の匂いでそういうの言われると、なんかヤだ」

そこまで怒っているようには見えないが、それでも志乃が嫌がってる素振りを若干見せたので、三代は大人しく引き下がることにした。

何が駄目だったのかわからない、と三代が心の底から思ってしまうのは、ぼっち時代にズレてしまった常識のせいだ。

まぁだが、そんなことはさておいて、志乃も志乃で三代に合わせてくれることが多い彼女だ。ゆえに数秒ほど唸《うな》ってみせたあとに、

「匂い嗅がれるのは嫌だけど、でも、そんなに三代《さんだい》があたしの匂い好きなら……いいよ嗅いでも」

と、匂いを嗅ぐお許しを出してくれた。

しかし、これを言葉そのまま素直に受け取ってはいけない、と三代とてわかっている。これは『ちゃんと自分の心の準備ができてからならいいよ』、という意味の『いいよ』であるのだ。

それと『変態っぽくせず、嗅ぐならさりげなくね』、というニュアンスも含まれていそうなので、そこらへんも間違えないようにしたいところである。

こういった明文化できない部分の暗黙の了解を捉えるのは大変だが、三代はむしろ楽しく感じている。

何度も繰り返し言っていることだが、志乃のことが大好きだからだ。

さて――その後に一緒のベッドで寝る時にも少しいちゃつきながら眠りについて、気がつくと翌日の月曜日を迎えていた。

三代が目を覚ますと、隣で寝ていたハズの志乃の姿がなかった。探す必要は特になく、どこにいるか簡単にわかった。

三代は瞼を擦《こす》りながらキッチンへ向かうと、朝食を作っている最中の志乃がいた。

「〜〜♪」

制服に着替えてエプロンもかけて、なんだか創作物に出てくる女子高生のギャル妻のような感じだ。

まぁ当たらずとも遠からずではあるが……。

ともあれ、料理の邪魔をする気がない三代は静かに椅子に座り、特に何をするでもなく志乃の後ろ姿を眺めていた。

そこまで熱い視線を送っていたわけではないが、志乃が気づいて振り返った。

「お寝坊くん、ようやく目が覚めた？」

「寝坊って時間でもないと思うがな。……おはよう」

「ふふ、おはよ。待っててね、今できるから」

志乃に言われた通り、三代は大人しく待つことにした。朝食は数分で完成し、綺麗に整えたサンドイッチと、凝った盛り付けのサラダがテーブルに並べられた。

いつも作って貰《もら》っているお弁当を見ていてもわかるが、志乃は料理で明らかな手抜きは絶対にしない。三代に喜んで貰いたいと思う気持ちと、お菓子作りも含めて調理が趣味だから楽しんでやっている、というのが雰囲気から伝わってくる。

最初の頃の三代であれば、こういった志乃の行動には申し訳なさも感じたものだが、今はそうは思わなくなっていた。

これは、志乃がやりたくてやっていることだ。それに口を出して水を差す必要なんてどこにもないのだ。

ただ、

「ありがとうな」

その一言だけはきちんと告げるようにしている。志乃はにっこり笑って、「うん！」と元気よく返事をした。

閑話休題②：街中でチョコココロネと出会うとはな。

その日、三代は駅の近くの動物の銅像前で志乃を待っていた。

デートの待ち合わせだ。

だが、時間を間違えて二十分早く着いてしまっていた。

一時間くらい早く着いてしまった場合には、どこかで時間でも潰すのだが、二十分という微妙な待ち時間ゆえに大人しく銅像前の階段の端に座って待機中である。

そんな時だ。

偶然にも芽衣《めい》と出会ってしまった。

「あっ、チョココロネ……」

「げっ……」

「な、なんだよ『げっ』って……そんな化け物に出会ったみたいな反応をするな」

「近くに志乃ぴいるですか？」

「スルーしないでくれ……まぁいいか。志乃はいない。待ち合わせしてるんだが、俺が早くきすぎて待ってる状態だ」

「ひぇ～『彼女とデート楽しみだぜぇ！　早くきすぎちまったぜぇ！』みたいな、そういうアレですぅ？」

「まぁそんなとこだな」

「結構からかって言ったのに、怒らないなのですね」

「志乃とのデートが楽しみなのは事実だしな。怒ることでもない」

「うっわ！」

「いちいちその大げさな反応やめてくれ」

「そんなこと言われても、芽衣はやめないなのですよ～。これが芽衣なので～」

芽衣はべーっと舌を突き出すと、三代の隣に座った。

「……なんで隣に座った？」

「芽衣も待ち合わせなのですよ。銅像前で」

よく見ると芽衣のコーデは少し気合が入っており、誰かと一緒に遊ぶ時の余所行《よそい》きのような感じだ。上がパーカー下はレース入りのスカート。靴は編み上げのブーツで、髪もいつも以上にきっちり整えた見事なチョココロネだ。

「待ち合わせ……彼氏か？」

「彼氏とのデートだったら、もっと違うコーデにするですよ。彼氏は欲しいですけど、候補もいないなのです」

「彼氏が欲しいのか。確か派手な男が趣味だったか？」

「ですよ。紹介してくれるです？」

「俺は友達一人しかいないうえに、その一人が派手ってわけでもなくて可愛《かわい》い系の男の子だからな。紹介は無理だな」

「友達一人だけとか寂しすぎるなのですよ」

芽衣は頬杖《ほおづえ》をつくと、哀《あわ》れむような視線を三代に向けた。

「そんな目で見ないでくれ」

「そう言われても、友達一人は哀れ以外の何ものでもないなのですよ。まぁただ……志乃ぴも独占欲が強い子だし、彼ピ君みたいに友達少ないくらいが丁度よいのかもなのですけどね」

芽衣の言っていることはまぁまぁ正解だった。

下手に三代に友達が多かったりすれば、志乃は異性との繋《つな》がりがないかを逐次確認したがるタイプの性格だ。

三代に友達がほとんどいないからこそ、志乃に余計な心配を与えずにいられるのだ。

「そこらへんは……まぁ俺も友達少なくてよかったな、と自分自身思う時はある。変に志《し》乃《の》を嫉妬させたりしないで済むしな」

「怒ると怖いですからねぇ、志乃ぴは」

「志乃は怒る時俺に対してじゃなくて周囲に怒りを向けがちなんだよな。周りを巻き込まないように、普段から結構気をつけてる」

「それは志乃ぴに限った話じゃなくて、彼氏よりその周囲に怒る女子は多いなのですよ。まぁ全員とは言わないなのですけど、芽衣も多分そうするかなぁ。だって彼氏に文句言ったら嫌われるなので……彼氏から惚《ほ》れられて一緒になった場合は別なのですが、自分から好きになって付き合ってる時は、心狭い女だなぁとか思われたくないので、悪いのはあくまで周りってしないと……」

　女の子が恋人ではなく周囲に怒りという名の牙を向けるのは、色々と複雑な感情の結果らしく、それが当たり前のようだ。

「志乃ぴは特に彼ピに嫌われたくないんだろうなって感じあるなのですよ」

　芽衣が胡乱《うろん》げな目で三代を見やってくる。

「なんだその顔……」

「こんな地味な男の子のどこがいいのかなぁって」

「……理由は特に無くて、本当にいきなり恋に落ちたって感じだと思うが。ただ、どんな理由であれ志乃が選んでくれたんだから、俺はその期待に応えるつもりだ」

三代がそう断言すると、芽衣は片眉を持ち上げて興味深げな表情になる。だが、すぐに「ふっ」と鼻で笑った。

「何か言いたいことでもあるのか？　怒らないから言っていいぞ」

「別に……ただまぁ、お幸せにってだけなのです。さて、芽衣はお友達がやってきたので、それじゃあなのですよ～」

芽衣はすっと立ち上がると、手招きをしている友達たちのところへと向かった。

――あそこにいる男の子と話してたみたいだけど、知り合い？

――ちょっと。

――へぇ。結構カッコいい男の子じゃん。

――あの地味男くんは彼女いるなので。バイト先の志乃ぴ。

――マ？　芽衣と同じバイト先の志乃って結崎《ゆいざき》だっけ？　うちらの学校でも男子にすっごい人気ある子じゃん。彼氏いたんだ。

――去年の秋くらいからとか、確かそれくらいから付き合い始めたっぽいなのです。

——芽衣は結崎の彼氏を寝取ろうと……？

——たまたま会っただけで、ああいうの趣味じゃないのです。

——趣味だったら奪うという選択肢もアリだと？

——時と場合によるなのですね。どうしても欲しくなれば、奪うかも。

——悪女感出そうとしてるけど、芽衣メンタル弱いから威圧されたら即逃げそうとしか思えない問題。

——……否定はできないなのですね。


芽衣は友達と一体どんな会話をしているのか？　それは三代《さんだい》にはわからないが、まぁ知る必要もない。芽衣やその周囲を気にする必要性がないからだ。

そうこうしていると、志乃がやってきた。白のブラウスにデニムのサロペットと、結構地味な感じのコーデだった。

志乃の服装は、実は、三代と付き合い始めてから少しずつ変わっていたりする。初期はもうちょっと流行《はや》りを意識した感じであったが、今は清潔感や季節感をより強く重視し始めた。

よくも悪くも、三代と並んだ時に馴染《なじ》むような雰囲気である。無理にそうしている感じはないので、どうやら一緒にいるうちに自然と三代に合わせるようになったみたいだ。

ギャルっぽさは依然として残っているので、あくまで前よりはといった塩梅《あんばい》ではあるが……。

「きたな」

「きたよー」

「行くか」

「うん」

「特にどうするかは決めてないから適当になるが、まぁ疲れない範囲でな」

「りょ」

「おけまる水産」

「おけ、おけまる……スーザン？」

オタク関連のネットミームに疎《うと》い志乃は、三代の発言の元ネタなど知るわけもなく、ただただ困惑していた。

ちなみに、こうなるとわかっていて三代もあえて使った。困惑している志乃は可愛いので、たまに見たくなるのだ。

相手が知らないミームを使うのはお互い様だ。三代もギャルがよく使うスラングがわからず、志乃に言われて「？」となることが多々あり、そうした時の三代の表情を志乃が面白がる時がある。

「そういえばさ、ちょっとスマホで何か面白そうな店ないかなって探してたら、こんなとこ見つけた」

「ん？ どんなお店？」

「これ」

「そこかぁ……」

「行ったことあるのか？」

「うん。あんまりよくなかったなぁ」

「そうか……じゃあ、こっちは？」

肩を寄せ合い、マフラーを二人で一つを使い、ゆっくりと歩きながら喋《しゃべ》る。何気ない日常の一幕である。

2月15日～2月28日　修学旅行、始まるね。

1

バレンタイン開けの月曜日の学校は騒がしかった。日曜日のうちにプライベートで渡せた子もいれば、そうではなく今日にシフトした子も多くいるからだ。

昇降口を抜けてすぐに、目を瞑《つぶ》ったまま告白と共に男子生徒へチョコを渡す女子生徒の姿が早速見えた。

──せ、先輩！　好きです！

──俺ぇ!?　え……俺にモテ期がきたのか!?

──あれ声違う……って、げっ、人違いでした！　すみません！　チョコ返してください！

──ぅうっ……。

——なにその顔。しょうがないなぁ、ハイあげる！

——ありがとう……俺のこと好きなの？

——やっぱ私も返して貰《もら》うわ。

バレンタインというイベントがどのように消化されるのか、それは人それぞれだ。さらに仲を深めるカップルもいれば、想《おも》いが成就《じょうじゅ》したり距離が近づく男女もいるし、そもそも何も起きなかったり恋に破れる人だっている。

ただ、よくも悪くも皆が気にするイベントであり、教室の中も話題はバレンタインで持ち切りだった。教室に入ってすぐに、志乃も高砂《たかさご》や友達のギャルたちからバレンタインの話題を振られていた。

——結崎さん！

——まひろちゃん。チョコ渡せた？

——は、はい！　昨日四楓院《しほういん》くんに『ちょっと話したいことがあるのですが……きてくれないと私は……』ってチャット送ったら秒できてくれたので、その時に渡しました！

『早まるんじゃない！』とか言われてちょっと困惑でしたけど……きてくれないと悲しい

な、って言いたかっただけなんですけどね。

――そ、そう。

――志乃おはよ～。

――おはよ。

――ねぇねぇ志乃、あのさ、私チョコ作りの時に後輩くんにあげるって言ったじゃん？その後輩くんが日曜日でも部活やってるの知ってたから、私服で昨日学校きて渡したんだけど、泣いて喜んでた。あんなに喜ばれると頑張った甲斐《かい》あったなぁって……。チョコ作り教えてくれて、マジで感謝。

――よかったね。

――いいねぇそういう相手がいる人はさ。特にそういう相手がいない組のこっちは、皆で食べて終わった～。まぁ作るの楽しかったから達成感プライスレス。

三代の後ろの席で志乃たちがお喋りしているので、嫌でも会話の内容が聞こえてきた。チョコ作りに参加した面々は、各々《おのおの》のバレンタインを楽しんだようだ。

それにしても、高砂にその気はないのだろうが、結果的に振り回されることになっている委員長が三代の目には少し可哀想《かわいそう》に映った。

委員長は既に自分の席に座り、参考書を開いてもくもくと勉強を続けているが、その後ろ姿に妙な哀愁を感じる。

恐らく、委員長は尻に敷かれるタイプである。意外とバランス感覚がよい三代とは違って不器用な委員長は、望もうが望むまいが必然的にそうなる運命なのだ。

ともあれ朝のＨＲの時間になった。欠伸《あくび》をしながらやってきた中岡《なかおか》が教壇から教室を一望する。

「全員揃《そろ》ってるな。朝のＨＲを始めるぞー……まぁ伝えることも基本ないんだがな。修学旅行が月末月初なので準備をしておけ、くらいか」

バレンタインも終わり、次は修学旅行だ。三代と志乃《しの》は特別楽しみにしているわけではないが、クラスメイトたちの多くはそこそこ楽しもうとしているイベントであり、周囲から修学旅行の話題も聞こえてくるようになった。

今のうちから函館《はこだて》の観光スポットを調べておこうとか、そういう話が聞こえてくる。

ちなみに、班分けについてだが、三代は志乃と一緒ならあんまり拘《こだわ》りはなく、志乃も同じであり、二人で一緒ならどこの班でもよいと告げて終わりにしていた。

周囲から呆《あき》れられたが、無理に引き離すと志乃がキレそう、という恐怖をクラスメイトたちが若干抱いているらしく誰も文句は言わなかった。

だがしかし。

望んだ通りの配慮をされたからといって、それが満足する結果になるとは限らないのも世の常である。

三代と志乃のいちゃいちゃは見ている側が恥ずかしい気持ちになる、という理由で皆が二人と一緒の班にはなりたくないと言い出した。

最終的に、委員長が「仕方あるまい、ここはボクが」と加わることになった。

普段から委員長を苦手と公言している志乃は、委員長が同じ班になると知った時、とても嫌そうな顔をしていた。

志乃と委員長はお互いに反目しあい、そして相性も悪い。なんだか疲れることになりそうだな、と三代は項垂《うなだ》れた。

救いがあるとするならば、委員長が手を挙げた時に、高砂も手を挙げてくれたことだろうか。

高砂は志乃から悪く思われておらず、そのうえで委員長を好いているという、まさに間に挟まるのに適材だ。

天然っぽいところに不安はあるが、それでも、三代が一人で仲立ちするよりかはずっとマシなハズである。

まぁなんであれ、決まってしまったことは受け入れる以外にないのだ。

異議を唱えるくらいはできるだろうが、その場合、ほぼ確定で中岡が出張ってきて志乃がヒートアップして収拾がつかなくなるだけなので、三代《さんだい》は何も言わない方針を固めていた。

揉《も》めごとは極力回避すべきであり、現状の流れを上手《うま》く調整して彼女の精神状態を安定させるべきで、それが三代の務めなのだ。

「委員長と一緒とか……」

「ま、高砂もついてくるんだ。委員長も、俺たちに絡《から》むことも少ないハズだ。万が一いざこざが起きれば高砂が泣くかも、というのがある以上は委員長も大人しくなる。折角の修学旅行なのに、みたいなことを高砂から言われる展開になるのは委員長も避けたいだろうからな。わりとそういうの気にするタイプだろ委員長は」

「そうかな……?」

「前に委員長の誕生日プレゼントが云々《うんぬん》って高砂から頼まれた時、どういう展開になったか思い出してみろ」

「まひろちゃんが泣いたら、委員長が急に優しくなった？」

「な？」

「なるほど……」

「まぁ俺はこそーっとしてるよ。委員長と共通の話題があるわけでもないからな」

志乃が委員長を毛嫌いしている原因が、異性同性にかかわらず志乃が発揮する嫉妬である、というのを三代はきちんと覚えている。

なので、要所要所でこうした安心させる言葉を出すようにしている。というか、最近は慣れてきたこともあり勝手に口から出るようになってきた。

ちなみに、これが自分を気遣う言葉だというのを、実は志乃の側も理解していたりする。優先して気遣われることで、自分が三代にとっての〝一番〟である実感を得ている。

志乃はにやにや笑いながら、前の席の三代の背中をシャーペンでつんつんと突いた。

「痛いっ」

「ほれほれ～」

「いたたっ……」

2

放課後に志乃と別れ、三代はアルバイトへ向かった。

その道中のことだ。

以前に三代に告白してきた下級生の女子生徒が、急に横からバッと現れ、両手を広げ通せんぼのポーズで三代の前に立ち塞がった。

あまりに突然過ぎたので、三代は反射的に身構えた。

「お、俺に何か用か？」

三代が訊《き》くと、女子生徒はごくりと唾を呑《の》み込んだ。

「一日遅れですが……チョコです！」

可愛《かわい》いラッピングが施されたチョコを手に、女子生徒がじりじりと近づいてくる。三代は後ずさる。

「いや、俺はそういうのは……」

「ゆ、結崎《ゆいざき》先輩がいないのを見計らって私も出てきているので、受け取るのを怖がる必要はありませんよ！」

「志乃がどうこう関係なく、いきなり現れてチョコ渡されるの普通に怖いんだが……」

「男の子は、どんな女の子からでもチョコを貰えれば、それだけで嬉《うれ》しくてニヤける単純な生き物なのを知ってます。照れなくて大丈夫ですよ！　愛情込め込め手作りチョコです！」

「俺は彼女以外から貰っても嬉しくない。……それじゃあな」

「だ、駄目です！」

三代が横を通り過ぎようとすると、女子生徒はすぐに前に回り込み、通せんぼの構えを崩さない。

「……どいてくれないか？」

「チョコ受け取ってくれたらどきます」

「受け取れない」

「じゃあどきません！」

「俺もバイトがあるんだ。遊んでる暇はない。チョコを渡したいなら、他のやつにあげればいい」

「藤原《ふじわら》先輩じゃなきゃ駄目です！」

「志乃が怒るぞ」

「だ、だから、結崎先輩がいないのを確認して、こうやって出てきてるんです」

「俺が志乃に言えば志乃も知るところになる」

「い、言う気なんですか……？」

女子生徒はうっとのぞけると、少しだけ涙目になった。志乃から威圧された時のことがトラウマになっているのが窺《うかが》える。

ここが勝負所だ、三代は直感した。

「俺は志乃が一番だからな。下がらないなら今日のことを志乃に言うぞ。……雷が落ちるだろうな」


しつこいようなら志乃に今回の件を言う、という三代の毅然《きぜん》とした態度が、見事に女子生徒に歯止めをかけた。

女子生徒は唇を噛《か》んで俯《うつむ》き、回れ右で三代に背中を向け、何やらぶつぶつと呟《つぶや》きながら去っていった。

「……何が駄目なんだろう。私だって結構可愛いし、今まで彼女持ちだって例外なく落としてきたし、自信あるんだけどな」

人の呟きが都合よく聞こえる、等《など》という特殊スキルを三代は持ち合わせておらず、女子生徒が何を言っているのか普通に聞き取れなかった。

ともかく嵐が過ぎ去ったという安堵《あんど》だけがある。

あとはもう、この女子生徒が変な絡み方をしてこないことを祈るばかりであるし、済んだこと終わったことになったのだから、忘れるのが吉である。

三代は気を取り直してバイト先の水族館へ向かった。すると、到着するや否《いな》や副館長の小牧《こまき》が若干申し訳なさそうにしながら、連絡事項があると三代に声をかけてきた。

　今日はハジメが休んだそうで、三代一人で仕事をやって欲しい、という話だった。

「お家《うち》の事情で佐伯《さえき》くんちょっと急用ができたみたいで……」

「わかりました」

　タイムカードを押しながら、三代は頷《うなず》いた。

「一人で大変だな～って思ったら、言って。私が手伝いに行くから。……ごめんね」

　小牧が両手を合わせて頭を下げた。

　家の事情で休むのならば、それは仕方がないことで、誰が悪いわけでもなく小牧が頭を下げる必要はないのだが……まぁ副館長という立場上、こういう役目も職責なのだろう。

「そんな頭を下げなくても……もしかすると俺も急用とかできる時があるかも知れませんし、そういう時に許して貰《もら》いたいので、別になんとも思ってないというか」

「そう言って貰えると助かる……！」

「それじゃ、お仕事行ってきますので」

「いってらっしゃい！」

　小牧に見送られ、三代は一人で準備を始めて仕事に取りかかった。

　二人分の範囲を一人でやるのは初めてなので慣れないのもあるが、なにより時間に追われて些《いささ》か雑な仕事ぶりになった。

だが、それでもやろうと思えばそこそこはできるもので、なんとか形にはなっていた。

ただ疲れることは疲れた。

休憩時間に入ってすぐに、思わず三代の口から「ふぅ」と息が漏れた。

自販機で缶コーヒーを買って飲みながら、ようやく訪れた休憩時間を無駄にしないように、スマホで来月のライトノベルの新刊チェックを始める。

そこで通知が鳴った。

志乃《しの》――かと思ったが、そうではなく、ハジメから飛んできたチャットだった。

――時間的にそろそろ休憩……かな？

――そうだな。ちょうど休憩に入ったとこだ。

――よかった！　えっと、今日休んじゃってごめん……。

――いいよ別に。なんか急用できたって聞いたし、しょうがないだろ。

――優しいなぁ……まさか、僕のこと惚《ほ》れさせようとしてる？

――冗談はいらないぞ。

――そっか。まぁその、本当にごめんね。いつか埋め合わせするから！　それじゃ！

何も言われなくても三代は気にしない方であるし、それはハジメも知っているハズだが、それでも一言くらいは告げるべきと判断したようだ。

ハジメは最後に、謎の生き物が親指を突き立ててるスタンプを追加で投げてきた。

チャットはこれで終わり、という合図であることを三代は察し、引き続きライトノベルの新刊チェックをこなすことにした。

気になるタイトルを纏《まと》めていると、休憩時間も終わりになった。三代は仕事に戻ることにした。

「さて……」

いつも騒がしいハジメが不在のせいでなんだか物静かさを感じた。

だが、そのお陰で逆に集中できる場面もあり、たまにはこういう日があってもよいのかも、と三代は思うのであった。

3

日は移ろい、修学旅行も来週に迫っていた。この頃になると、準備を既に終えた人とそうではない人に分かれ始めていた。

三代《さんだい》と志乃は後者である。

そこまで気合を入れるつもりがなく後回しにしていたのだ。しかし、だからといって素のままで行くつもりもないので、そろそろ少しは準備しようかという話になった。

三代はバイト終わりの志乃を迎えに行き、それから二人で適当に買い物に赴いていた。帽子だったり旅行用の鞄《かばん》を新調したり、そういうちょっとしたものを買うのだ。

「このキャスケットどうかな？　それとも、こっちのもこもこのがいいかな？」

志乃はキャスケット帽ともこもこな帽子を見比べ、悩ましげに唸《うな》って三代に意見を求めてきた。こういった分野には詳しくない三代だが、彼女に求められたからには逃げるわけにもいかないので、頭を捻《ひね》って自分なりの見解を告げる。

「……寒さをなんとかしたいなら、もこもこだろうな」

「もこもこ、あったかいもんね」

二人がもこもこと言っている帽子には正式名称がある。タグにも書いてある。だが、二人がそんなところを見るわけもなく、見た目のまま〝もこもこ〟で貫き通していた。

「機能的にはもこもこが一番だと思うが、デザイン的にはあざとさもあるな。なんかこう、幼い感じがする」

「子どもっぽいってコトね……それじゃあ、キャスケットにしとく」

志乃は子どもっぽさを必要としていないらしく、お買い上げはもこもこではなくキャスケット帽となった。

支払いを済ませてすぐに志乃はキャスケット帽を被《かぶ》ると、口角を上げてちらりと三代を見る。感想をよこせ、と目で訴えている。

「元気な感じの女の子、って雰囲気だな」

「元気な感じ……もしかして、こっちも子どもっぽかったかな？」

「子どもっぽいとかじゃなくて、快活とか朗らかとかユニセックス的とか、そういう意味だ。子どもっぽくはないぞ」

「そっか！　ならよかった」

ギャルにも種類があり、幼い感じの可愛いファッションに全力を注ぐギャルもいたりするが、志乃はそういうタイプではなく、どちらかというと大人びた感じを好む方だ。

もちろん、仕草や行動に甘える感じはあるが、それとファッションはまた別である。人間は複雑かつ多面的な生き物であるので、相反しているように思えることでも、自然と両立させていたりするものだ。

志乃もまたそうなのだ。

さて、その後も新しい鞄やちょっとした小物を二人で相談しながら買った。

あとは修学旅行の日を待つのみだ。

4

修学旅行当日がやってくる。

事前に『直接空港に集合』というスケジュールが連絡網で回ってきていたので、三代は志乃と一緒に空港に向かうことにした。

まず、志乃を迎えに行き、それから空港駅まで繋《つな》がる路線の電車に乗った。午前九時頃と通勤ラッシュから外れている時間帯なので、わりと車両は空《す》いていた。

「飛行機に乗るの久しぶりだな……」

三代は感慨深げに呟いた。幼少期に海外から日本に戻ってくる際に乗ったのが最後で、それ以降は乗る機会もなく、もう遠い昔の記憶だった。

「飛行機に乗ったことあるんだ？」

「志乃はないのか？」

「知っての通りうちは貧乏だし、遠出の旅行とかに連れて行って貰ったことないから、飛行機は乗ったことないよ？」

「そっか」

「三代は飛行機に乗ってどこに旅行に行ったの？」

「旅行に行ったというか、戻ってきた、だな」

「へ？　それ、どうゆう意味？」

「だから、日本に戻ってきたって意味」

志乃がぎょっと驚いたのを見て、三代は怪訝《けげん》に思い首を捻るが、すぐに気づいた。

両親が海外在住であるのを隠していない一方で、自分自身の幼少期について語ったことがあまりなかったな、と。

「俺は小さい頃にイギリスに住んでた」

「は、初耳～……」

「言う機会もなかったしな」

三代はいわゆる〝帰国子女〟なのだが、しかし、本人にその意識はあまりなかった。トータルでは日本にいる期間の方が圧倒的に長くて英会話もかなり忘れてしまっているし、何より面白おかしく話せるような体験も特になかったからだ。

親の知人から世話をされた時に懐《なつ》かずそっぽを向いていたし、地域の保育活動か何かで似た歳《とし》の子と何回か遊んで貰ったこともあった気がするが、まぁ例のごとく馴染《なじ》めず基本一人で遊んでいた。

未知の体験をして世界観が広がった、みたいな誰に対しても自慢できるような経験は、一切なかったのだ。

「イギリスってどんな感じなの？」

「どんな感じと言われてもな……そうだな、会話が英語だな」

「英会話できるの？」

「どうだろうな……だいぶ忘れているしな……まぁ、簡単な意思疎通くらいならいける気がするが、ただ、話し方が子どものまま止まってるのは確かだ。聞いてる方はかなり違和感持つだろうな。できる、とは言えないかもな」

「簡単でも意思疎通できるなら十分じゃん……できるって胸を張ればいいのに」

「知らない単語や言い回し出てきてフリーズしたら、めちゃくちゃ恥ずかしいからな。できないってことにしておいた方が変に期待持たせずに済むし、俺も気が楽だ」

「むぅ……」

「というか、英語ができるできないとか、どうでもいいことだぞ。日本に住んでるんだからな。まぁあれだ、海外旅行とか行く機会がある時、俺がいれば最低限なんとかなる程度に考えておいてくれ」

　海外旅行、という単語に志乃が反応する。

「海外旅行……」

「どうした？」

「や、新婚旅行とかの時の選択肢に入れても、なんとかしてくれるんだなって……」

「まぁできる範囲でな」

「三代の言う〝できる範囲〟が広いの、あたし知ってる」

　三代の発言が意味するところを、志乃には正確に把握されているようだ。俺のことを本当によく見ているな、と三代は苦笑した。

5

　空港に着いた二人がまず最初に見つけたのは、中岡《なかおか》だった。

　眼下には隈《くま》があり、〝教師として二度目のやらかしはできない〟という決意が見てとれる顔色の中岡は、こちらに気づくと手招きをしてきた。

「――藤原《ふじわら》！　結崎《ゆいざき》！　こっちだ、こっち！」

呼ばれるがままに近くに行くと、既に来ていたクラスメイトたちの姿もちらほらと見える。修学旅行が楽しみ、という和気あいあいとした会話がそこかしこから聞こえてきた。

だが、そうした中で、一人だけ妙に緊迫した雰囲気の人物がいた。

委員長だ。

「ボクは既に一度やらかしている。二度目はないのだから、しっかりしないといけないのだ。しかし、さすがに徹夜も三日となると……顔に出てしまうな。しかも、こうして独り言を言っていないと意識が途切れそうになる。駄目だ。まだ寝てはいけないのだ。せめて、飛行機に乗ってから……」

周囲の人間が委員長から距離を取っていたが、ぶつぶつと念仏を唱えているかのような姿を見れば、その気持ちもわかろうというものだ。

明らかに危ない人に見えるのだ。しかし、そうした委員長に近づく心優しい人物も約一名ほどいる。

高砂《たかさご》だ。

高砂は、委員長の隣でウンウンと頷《うなず》いて相槌《あいづち》を打っていた。

惚《ほ》れた弱み、というヤツなのだろう。好きになってしまったからこそ、相手の変な部分もひっくるめて愛せる状態なのだ。

「飛行機に乗ってから、四楓院《しほういん》くんはお眠するんですね！」

「そうだ。取れて仮眠程度ではあるがな……」

「ゆっくり休んでください！」

「気遣いの言葉を言わせてしまったな。すまない、高砂」

出発の時間が近づくにつれ、残りのクラスメイトたちも徐々にやってきて、そのうちに全員が揃《そろ》った。ふらふらな足取りの中岡の先導で、次々に自動チェックイン機で搭乗券を発券。荷物を預けたり等、諸々《もろもろ》の手続きも進めていく。

と、ここで、三代《さんだい》と志乃《しの》の二人は自分たちが隣同士の席ではないことに気づいた。

「あっ……あたし三代の隣じゃないっぽい」

「のようだな。……今からの座席指定は無理みたいだな」

「えっと……あたしの隣は……」

「私……です」

高砂がひょこりと現れ、おずおずと手を挙げた。志乃の隣は高砂であるようだが……三代の隣は一体誰なのか？

三代がきょろきょろと辺りを見回していると、志乃の友達のギャルに声をかけられた。

「私の隣、藤原じゃん」

どうやら、隣の席はこのギャルのようだ。

「お前か」

「私だと不満か？」

「不満というか、志乃の隣がよかったからな」

「ハッキリ言うねぇ。まぁ我慢しなって。席交換してもいいけどさ、そうすると私が高砂の隣になるじゃん？　チョコ作りの時とかに若干距離は縮まった感はあるけど、それでも、高砂は志乃以外にはまだ警戒心強めでしょ？」

ギャルの言っていることは、かさねがさねその通りではあった。

高砂は志乃には随分と慣れたが、志乃の友達のギャルにも慣れたかというと、まぁまぁ会話ができるようになった程度で、友達であったりその一歩手前、というほどの仲良しの域にはまだ至っていなかった。

三代がちらりと高砂を見ると、なんとも言えない苦笑を返された。

一連の流れを見ていた志乃も、さすがに事態を理解はしたらしく、むむっと眉間に皺《しわ》を寄せたものの最終的には三代の隣を諦めた。

「しょうがないから我慢するけど……三代に変なことしないでよ？」

「変なことはしないって。そんなことしたら志乃怒るでしょ？」

「うん。すっごい怒る」

何かされたら後で教えてね、と志乃に耳打ちをされ、三代はこくこくと頷いた。

さて、志乃に対して『藤原に変なことはしない』と断言したギャルだが、飛行機に搭乗してすぐに退屈さに耐えきれなくなったらしく、志乃との約束を即破った。徐々に三代に話しかけてくるようになった。

「あのさ、志乃からえっち済ませたって聞いたんだけど、マ？」

「は？」

「いや、なんか気になるなって。本当なのかなって」

「それ答える必要あるか？」

「別にないけど……答えないと、志乃が嘘言《うそ》ってるってあたしは思うかもね。志乃は嘘つきーって」

「志乃は嘘をつかない」

「じゃあ、えっちした？」

からかわれているのはわかっている。だが、それでも、志乃を嘘つき呼ばわりされるのは彼氏として三代は許せなかった。

だから、努めて冷静に無表情で言い切った。

「した」

三代の凛《りん》としたその佇《たたず》まいに、志乃のギャル友達もぎょっと目を剝《む》いた。そして、おそるおそる三代の手の甲をつんつんする。

「ほー……この手で、志乃を撫《な》で撫で揉《も》み揉みちゅぱちゅぱして、そして合体したと？」

「そうだな。文句あるのか？」

「や、ないけど……こうも堂々とされると……っぱ藤原って凄《すご》いなーって」

「言っている意味がよくわからないが、俺は事実を言っただけだ」

「清々《すがすが》しくて感心してる。変に隠そうとしたりされると、そっちのがさ、志乃の立場からするとなんかヤな感じじゃん。それにしても、この手……ほほう……ごつごつしてて、意外と男らしい――」

ギャルは再び三代の手の甲をつんつんしようとするが、急に固まった。ギャルはゆっくりと通路に顔を出して後方を見た。

視線の先――少し離れたそこの席に座っていたのは志乃だ。目を細めて、恐ろしいほどに冷たい表情である。

距離的に、こちらの細かい動きはわからないハズだが、それでも何かを感じ取っていたらしく、圧をかけてきているのだ。

ギャルはそーっと前を向くと、何事もなかったかのように鼻歌を歌い始めた。どうやら、ほとぼりが冷めるのを待つ作戦のようだ。

この一連の流れによって、飛行機の中が、なんとも言えない重苦しい空気になった。

――おい、この重すぎる空気なんだよ。さっきまで、楽しい楽しい修学旅行って雰囲気だったろーが。

――結崎さんでしょ……。ほら、友達が何か藤原くんにちょっかいかけてるから。

――藤原をイジるなよ。マジで。

――ウケる。

――お通夜《つや》状態。

――こういう時に役に立ちそうなのは中岡ティーチャー……って寝てる。

――ふごごっ。

――次に役に立ちそうなの、藤原くんと結崎さんと同じ班になってる委員長だけど、委員長もなんか険しい顔でお眠だわ。

こういう時は基本スルーするのが三代だが、今回閉鎖空間で周囲に迷惑をかけてしまっているこどもあり、さすがにいつものようにスルーはできなかった。

三代はすっと席を立ち、志乃をちらりと見てから化粧室へと入った。こちらの行動の意図に気づいた志乃も、慌てて追って化粧室に入ってくる。

「……怖い顔してたな？」

二人きりの狭い化粧室の中で三代がそう訊《き》くと、志乃はむーっと口を尖《とが》らせた。

「だって、あの子がちょっかいかけるんだもん」

「黙ってるのが苦手、みたいな感じなんだろうな。別に、志乃が思ってるような変な意味はないと思うぞ」

「それはあたしもわかってるけど、でも、他の子と話してるの見てるだけで、ヤな気持ちになゆ」

「少しの間の我慢だ」

「うん。でも、じゃあ我慢する代わりに……ね？」

志乃が目を瞑《つぶ》ったので、三代はそっと唇を重ねた。すると、志乃の雰囲気がどんどんやわらいでいった。

志乃を落ち着かせることに成功した。

——二人して化粧室入ったぞ。

——なにしてんだ……？

——きっと、彼氏らしく藤原《ふじわら》くん結崎《ゆいざき》さんのこと〝めっ！〟ってしてるんだよ。たぶんそう。だって、飛行機の中でいかがわしいことなんてするわけ……。

——教室でも人目を憚《はばか》らずにイチャついてる二人が、何もしないと思うか？

——……。

——誰かちょっと様子見てこい。

——嫌よ。万が一本当にえっちなことしてたら、仰天して倒れる自信あるわ私は。

——機内に勇者はおられませんか～？

——勇者は死んだ。

——ニーチェの〝神は死んだ〟みたいに言ったって、何も解決しないけど？

化粧室から出て、三代は自分の席へと戻った。

通路を歩いている途中、クラスメイトたちが全員俯《うつむ》いているのが気にはなったが、そこは考えても仕方のないことだ。

いずれにしても、志乃の圧はなくなった。皆がそのことに気づけば、いつものようになるだろうと三代《さんだい》は思ったし、事実、十分も経過するとそうなった。

先ほどまでの重苦しい空気はどこへやら、修学旅行を楽しむ純粋な高校生たちの賑《にぎ》やかさで機内は満たされた。

6

修学旅行は学校行事の一つであるので、その根底にあるのはやはり学習だ。こうした理由があることから、現地に着いてまず最初に向かうことになったのは五稜郭《ごりょうかく》だ。

初日は歴史の学び。

事前に決めた班分けの通りに固まり列を作り、学校側が用意した貸し切りのバスに順次乗り込んだ。

飛行機と違い、バスの座席は班を基準に割り振ることになっており、三代も志乃《しの》と隣同士に座ることができた。委員長と高砂《たかさご》は前の席だ。

「四楓院《しほういん》くん、お疲れですね……」

「……」

飛行機から降りる時には委員長も一時目を覚ましたのだが、バスの中で席に座ると同時にまた寝ていた。

なお、一番前の席に座っている中岡《なかおか》も同様で、寝息を立てている。

三代と志乃は何をするでもなく、ただただいつも通りだ。バスの窓から見える積雪がまだ深い函館《はこだて》の景色を見て、「やっぱり雪あるんだね」とか「二人で旅行に行った温泉の方が雪積もってたな」とか、他愛のない会話をして時間を潰していた。

飛行機の時のように離れているのではなく隣同士でいれたからこそ、志乃も威圧的な雰囲気を出すことはせず随分と大人しくしている。

そうこうしていると、あっという間に五稜郭に着いた。

するると、さすがに委員長と中岡も眠気や疲れから回復して目を覚ましたようで、元気を取り戻していた。

さて、到着した五稜郭だが、そこには学校側が依頼していたという歴史研究家の方が待っていてすぐに構造や歴史の説明が始まった。

――地上から見るとわかり辛《づら》いのですが、五稜郭は星の形をした城郭です。さて、五稜郭というと、皆さんが学校で習ったであろう日本史の範囲で言うと、特に有名なのは明治維新の前後かと思います。何があったか、きちんと習ったことを覚えている方はいますか？

——はっ！　戊辰《ぼしん》戦争です！

——正解です。より正確には、戊辰戦争の中の戦いの一つ、ですけどね。箱館《はこだて》戦争、あるいは五稜郭の戦い、という呼ばれ方もしています。この争いの時に、とある有名な方が戦死しました。誰か知っている方はいますか？

——そこまで習ってなくない？

——いや、習うことは習った気もするが……。

——ヒントは新選組です。

——……土方歳三《ひじかたとしぞう》？

——正解です。若い皆さんにとって身近なゲームやアニメ、漫画等で題材にされることも多く、名前も頻繁に使用される有名な新選組隊士の一人ですね。


高校生くらいの子たちが歴史に触れるのは、学校の授業というよりも、創作物を介する方が多いのは確かにその通りだ。

三代も例外ではなく、幕末明治等《など》の時代について見聞きするのは、もちろん勉強時の教科書や参考書もあるにはあるが、それ以上に該当の時代を取り扱ったライトノベルからの方が圧倒的に多かった。

昨年春にシリーズが完結してしまった、『幕末転生～新選組の平隊士《ひら》になった俺の無双～』等わりと好きで読んでいた。

もちろん、創作物全般に触れることが少ない、という人もいる。志乃がそうである。そこまで創作物にはまるタイプではなく、また勉強も得意ではないことから、そもそも五稜郭自体を知らない様子だった。

「五稜郭って、歴史上の建物とかそういうのだったんだ……知らなかった……」

「志乃……一応訊くが、五稜郭をなんだと思ってた？」

「えっと、中華料理店の名前とか？」

「中華料理屋？　もしかして、○○楼とか、そういう系統だと思ってたのか？」

「うん」

三代はなんとなく、次の期末テストも恐らく志乃は勉強を教えてくれと言ってくるのだろうなぁとか、そんなことを思った。

まぁだが、そうなるとしても今すぐではないのも確かだ。

三代と志乃が通う高校の長期休みは春夏冬と三回あるが、学習考査は二学期制に準じており、進級等に強く影響する期末テストは夏と冬の二回なので、志乃が騒ぎ出すとしても、その頃なのだ。

ただ、直前に志乃が慌てずに済むようにする為《ため》に、先を見据えて四月くらいから少しずつ勉強させた方がよい……気はする。

前回の期末テストの時で一度経験済みだからこそ知っているが、志乃の勉強のできなさ具合は結構重症である。

直前になってスパルタ試験対策、という方法もあるしそれで実際に前回は回避させた。

だが、その方法はもう採りたくない、というのが三代の本音だ。

それを実行した時、志乃は涙目であったたし、教える側の三代も心を痛めた。お互いが辛《つら》い思いをするよりも、時間がある時から細かく積み上げた方がずっとよいのだ。

「志乃、ところで少し話が変わるんだが」

「う?」

「四月頃に入ったら少しずつ勉強を……と言ったらどうする? 夏にある期末テストに向けてコツコツとやるのも悪くないんじゃないか、と思ってるんだが」

志乃はじーっと三代の顔を見つめて、それから、何も言わずにすぅーっと横を向いた。言葉ではなく態度で『勉強したくない』と訴えてきた。

しかし、ここで折れるとまた直前になって騒がれるのが確定してしまうので、三代は志乃に視線を送り続けた。

最初は三代の視線に気づかないフリを決め込んでいた志乃だが、やがて無言の圧に耐えきれなくなったらしく、唇をへの字にして眉根を寄せながらも頷《うなず》いた。

「う、う～ん……六月とか七月入ってからでも勉強は大丈夫だと思うけど、でも、そうだね慌てない為に少しずつ……」

「わかってくれたか。俺は嬉《うれ》しいよ」

志乃が遠回しに了承してくれたことで、直前になってあだこうだとならずに済むと三代はにっこり笑顔になった。そんな三代を見た志乃は口を尖らせて少し顔を下げ、前髪をいじり出した。

三代も狙ったわけではないのだが、志乃は大好きな彼氏の嬉しそうな顔が好きなようで、笑顔を見せられると弱くなるようだ。

「藤原くんに結崎くん、君たち二人は歴史的建造物や施設の解説をまるで聞こうとしないな。修学旅行を一体なんだと思っているのだ?」

同じ班であるので隣にいた委員長が、ぶつくさと何か文句を言っている。そんな委員長を高砂がなだめる。

「二人は恋人ですから……多少は……」

「これがプライベートであるならば、ボクもそこまでは踏み込まない。その場合、個人の自由の範疇《はんちゅう》であるからな。だが、修学旅行というのはプライベートではなく、学校による学習行事の一つなのだ。だというのに……いや待て、よく見ると、他のクラスメイトたちからも学びを得ようという気概がまるで感じられない……だと……？」

「四楓院くんの言っていることが正しいのは私もわかりますけど、折角の修学旅行だから、少しくらいはしゃいでも……っていう気持ちがあるのも仕方ないのかなって……私も勉強って意識は薄くて……」

「な、なに⁉　高砂もあっち側の人間だというのか⁉　修学旅行でどんな学びを得たのかを書いて個々人が提出する必要もあるのだぞ！」

「いや、あっち側とか、そんなことないです！　でも、楽しんでもいいんじゃないのかなって……」

「ぬ、ぬぅ……」

高砂がいると、委員長を簡単に抑えることができるのがよくわかる。

委員長は言動からして勉強一筋で女の子に慣れておらず、加えて過去に一度泣かれてしまったこともあって、かなりの部分の注意が高砂に割かれている。

お陰で志乃と衝突するような事態に陥らず、三代も、安心して修学旅行を過ごせそうだと一安心だった。

7

五稜郭のあとも、似たような施設や建造物を巡り、最後には北海道全体の歴史について役所の人から聞いて終わりとなった。

初日の日程を終え、バスはホテルへと向かって走る。

慣れない土地を歩き回ったクラスメイトたちの元気も衰えることなく、わいわいがやがやと活気がある。

——学習がなんちゃらには興味はなかったけど、途中でよさそうなお店とか見つけたから、最終日の自由行動の時に寄ってみたいな～って。

——路面電車だ！

——路面電車珍しいか？　俺の親の実家が広島なんだが、広島だと路面電車普通にある。夏休みとかの時に祖父《じい》ちゃん祖母《ばあ》ちゃんの家に里帰りした時によく見ててさ、だから俺はあんまり驚かないな。

——ってか、学校の近くにも路面電車なかった？　すっごい短い路線で近隣住民からも忘れ去られてるようなヤツだけど。

——雪が積もってんなぁ。やっぱ北海道って寒いんだな。

——札幌《さっぽろ》雪祭りでミ○ちゃんの雪像が見た……かっ……た……。

——路面つるっつるなとこあって、さっき転びそうになったんだけど！

本来の修学旅行の目的である、体験学習、という部分をきちんと把握している人物が委員長以外に存在しない疑惑はさておいて、バスがホテルに到着した。

ぞろぞろと降りて、集団でチェックインをして、それから割り当てられた部屋に向かった。二人一部屋で、三代《さんだい》は面識がないクラスメイトの男子と同室になった。

「よっ、藤原《ふじわら》」

「……誰？」

「俺だよ俺！　クラスメイトの梅田《うめだ》！」

梅田、と言われても三代にはまったくわからなかった。

まぁそもそも、ぼっち時代が長くクラスメイトたちとの交流もなかったので、一部を除いてほとんど顔も名前も覚えていないのだが……。

だが、覚えていないのをあからさまに態度に出すのも、それはそれで嫌なヤツに見えることに三代も気づけるようになっていたので、知っている風を装《よそお》った。

「梅田……そうか、あの梅田か！」

「『あの梅田』って言い方おかしくないか？　さては、俺のこと認識してなかったろ？」

「そんなことはない。梅田な、梅田」

「……」

「どうした梅田」

「……俺の下の名前ちょっと言ってみて」

「苗字《みょうじ》でも判別できるんだから、それでいいだろう。梅田」

「これ絶対に俺のこと認識してなかったな」

コミュニケーションに失敗してしまった、と三代は落ち込みそうになった。だが、三代は元からそういうヤツだと思われていたらしく、梅田もそこまで気にした様子はなかった。

「とにかく、先に荷物を部屋に入れに行こうぜ――ん？」

三代の肩をポンポンと叩《たた》いた梅田は　次の瞬間、ぶるっと肩を震わせて急にきょろきょろと周囲を気にし始めた。

「梅田、どうした？」

「いや、なんか、凄《すご》い怨嗟《えんさ》の籠もった何かを向けられたような……」

梅田が感じた怨嗟の正体は志乃《しの》だ。ギャル友達や高砂《たかさご》と会話しながら、時折光線でも放っていそうな鋭い視線を梅田に向けてきていた。

すぐに気づいた三代は、梅田の命を守ってあげる為にそっと距離を取った。

「ん？　藤原なんで俺から離れた？」

「俺に近づくな」

「へ？　どういうこと？　まさか……俺の後ろに……怨霊《おんりょう》みたいな何かでも見えたのか？」

「いいから、こっちにこないでくれ」

「ちょ……」

「近づくな」

「ああ……あああああ！　気になるぅううううう！」

志乃の目があるところで下手に関わると、学祭の時の二の舞になる可能性がある。つまり、梅田も委員長のように蹴りを食《く》らうことになるのだ。

そうした事故を回避する為に、三代は頭を掻《か》きむしる梅田を置いて一人で部屋に向かった。部屋に入り荷物を置いて、三代はベッドに座って少し休憩を取った。

梅田が部屋にやってきたのは、数十分後のことだ。梅田は何やら変なグッズを近くのお店で買ってきたらしく、額に着けた鉢巻きに蝋燭《ろうそく》を差し込み、怨霊退散悪霊爆滅と明朝体《みんちょうたい》で書かれた謎の旗を振りながら入室してきた。

他者に対しては鈍感な方である三代だが、さすがに不審者と化した人間と同じ部屋では寝たくはなかったので、仕方なく志乃の嫉妬含めて諸々《もろもろ》を話した。

怨霊は勘違い、ということを知った梅田は、すっかり疲れ切った様子で床にぺたりと座り込んだ。

「悪霊だとか怨霊だとかは俺の勘違いで……感じた寒気は、結崎《ゆいざき》の嫉妬の視線だったと？」

「多分な」

「男同士の関係にも嫉妬するのか……というか、委員長と結崎がなんか仲悪そうなのも、それ関係か？」

「そうだな。学祭の時に俺に触れようとして志乃から前蹴り食らって、それから委員長は志乃を見るとビクつくようになった」

「こわっ……結崎って性格まで可愛《かわい》いわけじゃないのか」

「いや、性格も可愛いぞ。判断を一つも間違えずにいれば、ちゃんと甘えっ子ちゃんになる」

「判断を一つも間違えないってのがスゲェよ……まぁでも、それぐらいできる男だから、結崎も藤原に惚《ほ》れたのか」

「どうだろうな。そこらへんの詳しい心情の機微に関しては、志乃本人にしかわからないことだ」

「余裕のある言い方だな。藤原は女の扱いが上手なんだな」

梅田の言い方は、途中からどこか羨ましがるような、あるいは別の含みがあるような、そういうニュアンスが含まれていた。

「あのよ……ちょっと相談したいことが……」

梅田はそこまで言いかけて、「いや、なんでもない」と話を切る。

半端《はんぱ》なところで話を止められ、三代もなんだか少し気になったが、無理に聞き出すのも性には合わず本人が話したければ話すだろうと流した。

梅田のことはともかく、入浴の使用時間が定められていて夕食の前に入らなければならないことに気づき、三代は着替えを持って大浴場の暖簾《のれん》をくぐった。

脱衣所には誰もいなかった。服を脱いで足を踏み入れた浴室にも誰もおらず、ほぼ貸し切りと言ってよい状態だった。

静か、というのは、混雑しているのが好きではない三代からすれば、願ったり叶《かな》ったりの状態だった。今のうちに、と人の目を気にせず体を洗って広々とした浴槽に一人で浸《つ》かる。

「ふぅ……」

思わず息が漏れるくらいにリラックスできた。

だが、こうした癒やしの時間は長く続くことはなく、クラスメイトの男子たちが徐々に姿を見せ始めた。

一人きりの入浴タイムがあっさり終焉《しゅうえん》を迎えてしまった。

——一番乗り……じゃねぇな藤原いるし。

——気がつくと先にいる、ってのは藤原らしいといえばらしいがな。

——皆が知らんうちに一番乗りで結崎の心を射止めて彼氏になってたしな。

——それな。

——影薄いのに一瞬の隙をついて一歩リード、って藤原アレだよな、暗殺者とか忍者の類じゃねぇかなってたまに思うんだ俺は。

人口密度が上がってくるとストレスも溜《た》まってくる。

友達が多いコミュ力強者であれば、人混みは逆にリラックスできるのかもしれないが、長年培《つちか》ったぼっちのキャリアがある三代にとっては、こうした状況は地獄なのだ。

（……そろそろ上がるか）

三代はすっと立ち上がると、卑屈になるでもなく、堂々とするわけでもなく、いつも通りに普通に歩いて大浴場をあとにする。そんな三代の背中を周囲が何気なく眺めて、そして目を剝《む》いた。

――お、おいおい、藤原の背中のあの傷なんだ？　爪跡っぽいが、猫に引っ掻かれたとかではない感じ……よな？

――直接素肌を何回も人の爪で引っ掻かれたとか、そんな感じだな。

――裸の状態で爪立てられるって、それって……。

――……彼女の結崎の爪跡か？

――つまり……えっちした⁉

――マジかよ。世の中どうなってんだよ。おかしいだろ。俺が童貞なのに、なんで藤原が大人の階段を上っちゃってるわけ？

──っていうか、このクラスに非童貞何人いるんだ？　藤原だけだったりするか？

──俺はもう経験済みだね！　もう数えきれないくらいの女を満足させてきたね！

──ウソつくなよ。休みの日に俺と一緒に遊んでるお前に、数えきれないくらいの女を満足させている時間はない。

──体の関係……不純異性交遊は許されぬぞ！　委員長として、嘆かわしい気持ちでいっぱいだっ……！

──委員長は藤原のことをどうこう言えん立場では？　なんか高砂とイチャこらする雰囲気を度々出してるじゃん。

──そ、それは大いなる勘違いだ。ボクはお友達としてだな……。

三代の背中の爪跡は、初めての行為の時に志乃につけられたものだ。志乃は初めてで不安なのがわかったから、『俺に傷をつけろ』と三代は言った。

そうすれば怖いのも少しは薄れるから、と。

男女の営みは三代もその時が初めてであったが、それでも、志乃にとって嫌な思い出にならないようにと考えてそう言った。

そして、志乃は本当にガリガリと爪を立ててきた。

残った傷跡が他者からどう見えているのか、という点については三代は特にどうでもよいと思っている。

恥ずかしいことなど何もないからだ。彼女の為《ため》を思ってついた傷に何の問題があるのか？　そう思えばこそ堂々としているのだ。

ともあれ、三代はいそいそと着替えを済ませ、夕食の会場へと向かうことにした。すると、道中通りがかったロビーで、中岡《なかおか》が電話をしながらぺこぺこと頭を下げている場面に遭遇した。

――中岡先生、バスに乗ったら定時連絡の電話をください、と私は言ったハズですが……全然こなくて心配していたのですが、何かありましたか？

――教頭先生、すみません。電源が切れてたのかも……というところです。

――ずっと呼び出し音が鳴ってましたよ？　電源が切れているなら呼び出し音ではなく、電源が切れてます、というアナウンスが流れるのでは？

――……。

――怒りませんから、本当のことを言ってください。

――……寝てました。

――中岡先生、生徒の模範となり教え導くという教職者の責任感、それがあなたにはないのですか？

――怒らないって言ったのに……。

――何か言いましたか？　あのですよ、ただでさえ、修学旅行の行き先を決めず今年に入ってから慌てていたというのに、その反省はなかったのですか？

――反省はしてますので……。

――本当に反省しているのなら、私ならバスの中で寝れないなぁ……。

三代《さんだい》は中岡のことを面倒な大人だと思ってはいるが、かといって嫌いではないので、怒られている姿は普通に可哀想《かわいそう》だなと思った。

助け船を出せるなら出してあげたい、という気持ちはある。だが、中岡を叱っている相手はスマホの向こう側である。

どうすることもできないのだ。

今の三代にできることは、怒られている姿を見ず、中岡の大人としての矜持《きょうじ》を守ってあげることだけである。三代は心の中で中岡にエールを送るに留《とど》め、すっとその場を立ち去り、夕食の会場へと足を運んだ。

夕食は三日間を通して朝夕共に同じであり、いわゆる、バイキングやビュッフェと呼ばれる自由形式だった。

席は決まっておらず、友達であったり部活仲間であったり、各々《おのおの》仲がよい人同士で集まって食べている。

三代は当然に志乃《しの》と一緒であり、いつものように、ちょくちょくお互いに〝あーん〟で食べさせあった。こうした食べ方については、普段から教室内でもお弁当を介してやることもあるので、クラスメイトたちは「またか……」とスルーしてくれるのでありがたいことである。

ただ、そうして流してくれるのは、あくまでクラスメイトたちだけであり、他の一般客には普通に注目された。

「なんか見られてる……ね？」

困ったものだ、とでも言いたげにため息を吐《つ》く志乃だが、その表情はどこか満ち足りている。志乃が何を考えているのか、三代にはすぐにわかった。

世間にいちゃいちゃを見せつけることができて満足、とかそういうことを考えているのだ。

まぁだが、いちゃつくカップルは世の中にわりといるし、修学旅行中の生徒たちの中の二人、というのも一目瞭然ではあるので、そういう年頃なのだろうと一般客も理解と受け入れが早いようで注目も自然と薄れていった。

ふと、クラスメイトたちの会話が聞こえてくる。明日の体験学習のことであったり、丸一日が自由行動の最終日の明後日《あさって》の予定であったり、そうした話をしているようだ。

一度しかない高校生としての修学旅行を楽しみたい、というのが伝わってくる。修学旅行をフラットに考え、なんなら中止になっていても気にしなかった三代と志乃の二人がズレているだけであり、まぁこうしたクラスメイトたちの反応の方が普通だ。

夕食を摂《と》り始めて三十分が経過した頃になると、腹を満腹にして退席する者が出始めたので、三代と志乃も流れに乗って席を立った。

特にすることもないので、二人で適当にホテルの中を散策する。何か面白いものでもないかと探してみたが、目を引くような館内施設やオブジェの類は特になかった。

しばらく歩いていると疲れてきたので、二人は中庭が見える通路の椅子に座り、何気ない会話をして時間を潰した。

「そういえばさ、明日の予定ってなんだっけ？」

「しおりみたいなのに書いてあった気がするが……失《な》くしたからな。ちょっとわからないな。体験学習か何かだった気はする」

「しっかりしてよ～」

「志乃はしおり持ってないか？」

「あたしも失くした。いつ貰《もら》ったかも覚えてない」

「そうか。まぁ明日になれば嫌でもわかる」

「そだね」

「……そろそろ、部屋に戻らないと駄目な時間だな。消灯の時間になったら部屋から出るな、となってたハズだし」

「二人きりの旅行の時には好き勝手できたし、同じ部屋に泊まったの考えると……物足りなさを修学旅行には感じゅ」

「あくまで学校行事だからな。そこらへんは仕方がない」

「仕方ないのはわかったけど、でも、おやすみの〝ちゅー〟はちゃんとしてね！」

志乃が唇を突き出してくる。キスのおねだりだ。反射で応じてあげたいところだが、一応修学旅行中であるので三代はまず周囲を確認した。

以前にスルーしてくれたことがある中岡に見られる分には構わないが、クラスメイトたちに目撃されるのは少し控えたくはある。いちゃいちゃを普段から見せておいて今さらだが、しかし、キスは〝あーん〟等《など》と違って、より明確に男女の営みを意識させる行為でもある。

教育委員会や保護者の会のようなところに告げ口でもされたら大変なので、一定の配慮は必要だと三代は判断していた。

三代はきょろきょろと周囲をチェックし、クラスメイトの姿がないのを確認してから、安心して唇を重ね合わせた。

キスを終えてから、三代は志乃と見つめあった。「また明日」と告げて、それから最後にもう一度だけキスをした。

名残惜しさは感じつつも、三代は部屋に戻る。すると、梅田《うめだ》が盛大なイビキをかいて既に寝入っていた。

なんだかうるさかったので、ティッシュを丸めて耳栓代わりに突っ込んで、三代はすやすやと夢の世界へと旅立った。

3月1日　スキーで遭難しちゃったね。

1

修学旅行二日目。

この日の日程は、バスに乗って周囲の会話が耳に入ってからわかった。体験学習、という三代の認識に間違いはなくて丸々一日使ってのスキーだそうだ。

三代と志乃が通う学校は、降雪もそこまであるわけではない本州の都市部に存在しているのだが、だからこそ多くの在校生にとってもスキーは近しい存在ではなく、普段は体験しないことを学ぶ意義のある学習、という位置づけとして採択されたようだ。

ちなみに、スキー道具は全て貸し出して貰えるらしい。

スキー道具まで個人で準備、となると各家庭の負担になるので修学旅行の初期費用に上手《うま》く組み込んだ、的なことをバスの中で中岡が言っていた。

「先に担任という立場から言っておくが、あくまで〝体験学習〟ということを忘れるな。

最終日の明日丸一日の自由行動は、卒業までの最後の一年に向けてのモチベーション維持も目的にあるので遊んでもいいがな」

学習としての意義を中岡は強調するが、スキーをするだけという予定に学習を結び付けられる生徒などそうはいないもので、実質的に今日と明日は遊べる日、という認識を持つ者が大多数であった。

しかし、クラスメイトたちのそうした高いテンションとは打って変わって、今日の予定がスキーと判明すると同時に三代と志乃は微妙な顔になった。

「なぁ志乃、スキーってやったことあるか？」

「ないよ。三代は？」

「俺もない。……万が一怪我《けが》でもしたら嫌な気持ちになるだけだし、はしゃいでどうこうはできないな」

「痛いのやだもんね。しょうがないから、雪だるまでも作って遊ぼ」

「それがいいな」

体験学習としての意義を果たさない宣言に聞こえなくもないが、しかし、危険であると事前に認識して回避した、と捉えるのならば、それはそれで一つの〝学び〟を得たと解釈することも可能ではないだろうか？

そういうことにしよう、と三代は心の中で誓った。

だがしかし、いくら個人的に心の中で誓ったところで、状況がそれを許さないという事態もままある。

完全自由行動である最終日の明日を除き、基本は班行動なのだ。つまり、委員長と高砂《たかさご》も一緒である。

前の席に座る高砂と委員長の会話が聞こえてくる。

「普段はできない体験をする。そうして学びを得る……修学旅行としての意義が詰まっているのが今日のスキーと言えるのだ」

「はぇ～……そうだったんですねぇ。てっきり、皆が喜びそうだからスキーにして、理由は取ってつけてただけなのかと……」

「そんなことはないハズだ。学校側はボクたちに学習の機会を与えようとし、その過程でたまたまスキーが採択されたと考えるのが自然だ。スキー自体は上手くできなくたってよいのだ。やること自体に意味があるのだからな」

「なるほどです……ちなみに、四楓院《しほういん》くんはスキーできたりとか……？」

「ボクはできるぞ。高砂にも教えてやろう」

なんだか、高砂と委員長がとてもよい雰囲気だ。しかし、だからこそ、三代と志乃の二人は敏感に感じ取った。

ここでスキーをイヤイヤしてしまったら、高砂と委員長の仲が進展しそうな空気をぶち壊すことになる、と。

委員長のことはどうでもよいが、高砂については三代《さんだい》も志乃も好意的に見ているのだ。そんな高砂は委員長のことが好きで、仲良くなろうとしている。

そのことについては協力することはあっても、邪魔をしようと思ったことは二人ともなかった。

こっちはこっちで仲良くやるから、そっちも二人で仲良くやっててくれと言うのは簡単だが、そうすると恐らく真面目な委員長の表情が曇る。

委員長の表情が曇ると、ほぼ確実に高砂も落ち込むことになる。

要するに、スキーを拒否して二人だけで雪遊びを楽しもうとすると、連鎖的に高砂に嫌な思いをさせることになってしまうのだ。

「どうする?」

「どうするって……まひろちゃんが乗り気だし、あたしらもやるしかなくない?」

まったくもって想定外の事態であるが、きちんと班として行動することが最善であるのだから、そうする以外の選択はなかった。

やれやれ、と三代はため息を吐《つ》いた。志乃も肩を竦《すく》めていた。

2

スキー場に着いてすぐ、施設の人から道具やスキーウェア等を順々に貸与され、準備を終えた人から順次自己判断で体験学習を始めた。

三代も志乃と一緒に、慣れないスキー板を使い牛歩で雪上を進むが……なんというかその、疲れるだけであまり楽しさは感じられなかった。

ただ、すぐ傍《そば》にいる高砂と委員長は仲良く楽しげであったので、別によいかという気持ちにはなった。

「気をつけろ志乃……」

「スキー板が変な方向に進んで……足が勝手に開いて……お股が……裂けりゅ……」

普段聞くことがない、女の子とは思えない低音ボイスを志乃が発していた。取り繕う余裕がない証拠であり、完璧なる初心者の証《あかし》でもあり、三代も似たような感じだ。

なるべく冷静な表情だけは努めて維持しているが、思うように進まず、少し間違っただけで一気に開脚しそうになる現状に二人揃《そろ》って額にじんわりと汗を浮かべた。

「やはり、俺たちは雪だるまを作っているのがお似合いだな」

「ホントその通り……うごごっ……んぎゃあ！」

「危ない！」

志乃《しの》が体勢を崩したので、三代は咄嗟《とっさ》に抱きとめた。だが、慣れないスキー板を装着したままでは踏ん張りも利《き》かず、転んで志乃の下敷きになった。

三代に馬乗りとなった志乃が、申し訳なさそうに「ごめん」と呟《つぶや》いた。

今の事故は志乃に落ち度はなく、単純に運やタイミングの問題でしかないので、三代は謝罪を軽く流して気遣う言葉をかける。

「別にいい。それより、怪我はないか？」

「うん。怪我はないよ。三代が下敷きになってくれたから……」

「ならよかった。まぁなんだ、本当に気にする必要はないからな。志乃は軽いし、それに太ももの感触も悪くはない」

三代が冗談っぽくそう言うと、志乃は頬を赤らめながら、三代の頬をぺしぺしと叩《たた》いた。

「太ももの感触って……すけべ」

確かに今のはえっちな言い方だったかもしれない、と三代は苦笑しつつ、志乃を抱えながらどうにか起き上がった。

ぺちんぺち

そんな二人の様子を見かねたのか、委員長が華麗に滑りながらやってきた。

「藤原《ふじわら》くん、結崎《ゆいざき》くん、二人とも何もないところで転ぶとはな。完全な初心者なのだな。最低限、ストックの使い方くらいは覚えておいた方がよい。ボクが教えようではないか。……べ、別に他意はなく、そこは間違えないでくれたまえよ。特に結崎くん」

他意はない、と志乃の機嫌を損ねない配慮を見せているあたり、委員長なりに勇気を振り絞っての厚意のようだ。

だが、志乃が委員長の提案を受けるかというと、恐らくは拒否するとしか三代には思えず……だったのだが、志乃はスンと澄まし顔ではあったものの、

「まぁ、ストックの使い方を教えて貰《もら》えるなら……ありがとだけど……」

一体どんな心変わりなのか、予想外に委員長の提案を受け入れた。三代は志乃に耳打ちでその理由を尋ねた。

「てっきり断るかと思ったんだが、どうしたんだ?」

志乃は少し離れた位置にいた高砂をちらりと見て、それから、ぼそっと三代にだけ聞こえるように答えた。

「……委員長のかっこいいところ、まひろちゃんも見たいのかなって。男の子が誰かに何かを教えてるとことか、そういうのかっこよく見える子も結構いるし」

ていたのだ。

そういうことか、と三代は納得した。あくまで高砂の為《ため》に我慢を選んだ、と志乃は言っ

ているのだ。

志乃がそうしたいと言うのであれば、付き合うのが彼氏の役目だ。三代も大人しく委員長の教えを受けることにした。

こちらの裏事情を知らない委員長は、以前より志乃に刻まれたトラウマのせいで随所でビクついていたが、それでも宣言通りにストックの使い方をきっちり教えてくれた。

「これで、とりあえず平地で転ぶようなことはないだろう。うむ。それでは、ボクは再び高砂の指導に戻る」

委員長は眼鏡のブリッジを中指でクイと押すと、まるで手足のようにストックとスキー板を使い回転して背中を向ける。

そのまま委員長は滑り出したが、数メートルも進まないうちに一時停止し、何か言い残したことでもあるのか急に振り返った。

「どうした急に振り返って」

「あたしらに何か言いたいことでもあるの？」

二人がそう訊《き》くと、委員長は妙に真剣な顔になった。

「いや……その、高砂がどこにいるか知らないか？」

委員長に言われて、三代はぐるりと周囲を見回した。

高砂の姿がどこにもなかった。

三代に続いて、志乃もきょろきょろと辺りを見て高砂の姿を捜していたが、三代と同じく見つけられなかったようで首を横に振った。

「委員長の言う通り高砂がいないな。どこに行ったんだろうな」

「休憩しようと思って施設の方に戻ったとか、そういうのかな？」

三代と志乃が首を捻《ひね》ると、委員長が眼鏡のブリッジを再びクイと押した。

「施設に戻るなら、高砂は必ず一声かけてくるハズだ。そういう子だ。……先ほど高砂がいた場所はここだが……スキー板の跡が急斜面の下り坂方面にずっと続いている……まさか」

委員長は雪上に残るスキー板の跡を見て、何かに気づいてハッとした。委員長はスキー板の跡を追いかけ、結構な急斜面を猛スピードで滑走していった。

あっという間に委員長の姿が見えなくなる。残された三代と志乃は、状況をのみこめず顔を見合わせた。

委員長は何に気づいたのか？　それに最初に気づいたのは三代だった。

「委員長、このスキー板の跡を追いかけていったが……あっ、そういうことか！」

「どゆこと？」

「恐らくだが、高砂は何かの拍子に間違ってこの急斜面を下ったんだ。これだけの激坂だと、一回滑り出したら、止まれないだろう。高砂も委員長に滑り方を教わるくらいだし、俺たちと同じで初心者だろうから特にな」

「マ？　どうしよ、先生に教えに行った方がいいのかな？」

急斜面の先は、鬱蒼《うっそう》とした針葉樹が密な冬の森がどこまでも続いていた。万が一に遭難でもしたら、見つけるのも難しくなりそうなほどに濃い森林である。

ふと、世界に影が差した。空を仰ぐと、太陽が徐々に遮られ曇り始めていた。もう少しすると天候も荒れてきそうだ。

「……先生に教えた方がよさそうだな」

「う、うん」

三代と志乃はすぐに踵《きびす》を返し、施設まで戻り中岡《なかおか》に事情を説明することにした。それが一番だからだ。

だが、世の中とは想定外のことが起きるものだ。

「あっ……」

「げっ……」

急斜面の近くにきてしまった、というのも悪かった。足元の雪がズズっと動き、そのまま二人は揃って急斜面を滑り落ちることになった。

「おわっ！」

「うきゃ〜！」

二人はごろごろと転がり落ち、まず最初に三代《さんだい》が木にぶつかって止まった。そして、志乃が三代にぶつかって止まった。

「ぐえっ」

「いたた……」

「け、怪我《けが》ないか？」

「なんとか……三代は？」

「俺も大丈夫だ」

二人はよろめきながら立ち上がると、お互いの無事を確認しあった。お互いに怪我がないことを知って安堵《あんど》しつつ、自分たちが転がり落ちてきた斜面をゆっくりと見上げた。

「……高いな」

「……これ登るの無理くない？」

高さにして、大体二〜三十メートルはあった。緩い坂ならストックを使って登れる可能性もあるが、残念なことに急斜面であるのでその方法は不可能だ。

「……どうしよ」

「登れそうな場所を探して迂回《うかい》するしかないな」

右を見ても左を見ても急斜面が続いており、登れる場所を探すのにも苦労するのは目に見えてわかるが、しかし方法は現状それしかないのだ。

半泣きになる志乃をなだめつつ、三代は迂回路を探すべく動き出した。

だが、慣れないスキー板での移動はナメクジのような速度であり、十分経《た》てど二十分経てど、迂回路のようなものは全く見つけることができなかった。

そうこうしているうちに、怪しかった天候がどんどん悪くなり、吹雪《ふぶ》いてくるようになった。気がつくと、数メートル先の景色さえ見えないほど天候が荒れた。

「ま、前が……」

「手を繋《つな》ぐぞ。離れないようにな」

「……うん」

はぐれないように志乃の手を取りつつ、三代は進み続けた。

（……帰るのは一旦諦めて、ひとまず休める場所を探さないとな）

このまま彷徨《さまよ》い続けても吹雪のせいで体力を消耗するだけなので、三代はとにかく今は吹雪から身を守れる場所を探すことにした。

目を凝らしながら、感覚を頼りに進み続ける。すると、山小屋を見つけた。山小屋は鍵もかかっておらず普通に開いた。

「いいのかな勝手に入っちゃって……」

「緊急事態だからな。仕方ない」

「そ、そっか」

山小屋の中にあったのは、積まれた薪《まき》と小さな暖炉である。よく見ると壁に貼り紙があり、そこには『避難所』と書かれてあった。

「どうやら、今の俺たちみたいに遭難して困った人が使っていい山小屋のようだな」

「不法侵入にならなくてよかった……ってゆうか、あたしたち遭難してるの？」

「現在地もよくわからないし、まぁ遭難だな。間違いなく」

「ぴえん」

「まぁなるようになる。……それにしても、この場所見つけるまで吹雪の中歩いてきたし、体も冷えてる。暖炉使って温まるか」

「暖炉って……火どうするの？」

「避難所って書いてるくらいだから、薪だけじゃなくて着火剤か何かも多分置いてるハズ

「……っと見つけた」

薪の近くをごそごそと漁《あさ》ると、薪の隙間にマッチやライター、それに新聞紙が挟まっていた。三代は不器用ながらも火を点《つ》け、暖炉に薪をくべる。少しずつ燃え盛る火を見た志《し》乃《の》が、一番暖かい位置に陣取って座った。

「うー……あったかい……」

「凍死とかにならずに済みそうでよかった」

鼻水を垂らしながら温まる志乃を横目に見つつ、三代はスキーウェアの内ポケットからスマホを取り出した。

消防か警察、あと中岡にも連絡を取らなければ……と思ったのだが、ここが山だからなのか、それとも吹雪のせいか圏外となっていた。

どうやら、天候が落ち着くまで何もできない状態に陥ってしまったようだ。

三代の胸中に焦《あせ》る気持ちが生まれるが、しかし、苛立《いらだ》ったところで無駄に体力を消耗するだけで何一つ事態が好転しないのもわかる。

三代は志乃の隣に座り、ぱちぱちと音を立てる火を眺めた。

「……いつごろ天気よくなるかな？」

「山の天気は変わりやすいと聞くし、そのうち収まるんじゃないか？　まぁ薪がまだまだあるし、少しくらいなら長引いても暖は取れるし大丈夫だ」

「そっか」

三代は志乃と他愛のない会話をしながら、天候がよくなるのを待った。だが、一時間経てど二時間経てどよくなる気配はなく、そのうちに志乃がウトウトとし始めた。

「……眠いか？」

「すこし」

「寝ていいぞ。俺が起きてる」

「あいがと。……脚貸して」

「脚？」

「枕にする」

そういうことか、と頷《うなず》く三代の脚を枕代わりに志乃はこてんと横になった。

「……おやすみ」

安心しきった顔ですやすやと寝息を立て始める志乃の頭を撫《な》でながら、三代は窓から外の様子を眺める。

すると、こちらに向かってくる人影が見えた。

吹雪のせいで最初はおぼろげにしか見えなかったその人影は、山小屋に近づくにつれ、その輪郭を露《あら》わにした。

高砂《たかさご》を背負う委員長だった。

委員長は山小屋の扉を開けて中に入ってくると、先客の三代と志乃を見て「うん？」と足を止めた。

「藤原《ふじわら》くんに結崎《ゆいざき》くん……どうしてこんなところに……」

「遭難した。それより……背負ってる高砂、大丈夫なのか？」

三代は端的に事実を述べつつ、高砂の様子を窺《うかが》った。高砂の調子は随分と悪そうで、顔が赤く呼吸も荒かった。

委員長は高砂を暖炉の近くに横たわらせると、スキーウェアを脱いで高砂にかけた。

「大丈夫ではない。熱がある」

「……病院に連れて行かないと駄目ってことか」

「捜索隊か救助隊に連絡を、と思ったのだが、この吹雪のせいかスマホも圏外だ。藤原くんのスマホは電波が繫がったりとかしないか？」

「俺のスマホも圏外だ」

「……吹雪がやむまでここにいるしかない、ということか」

「そういうことになるな」

「……歯がゆいな」

委員長はそう言って座ると、僅かに顔を歪《ゆが》ませ、裾をめくって自らの右足首を見た。委員長の右足首は赤く腫れ上がっていた。

「ど、どうしたんだそれ」

三代が訊《き》くと、委員長はさっと右足首を隠した。

「……高砂を捜している最中に、ボクとしたことが不注意で挫《くじ》いてしまった」

「骨とか折れてないよな？」

「折れてはいない。痛みはあるが歩ける。……ボク自身のことはどうでもよい。それより、高砂を早く病院に連れて行ってやりたいものだ」

自分も痛みと戦っているであろうに、委員長は自分よりも高砂を優先する態度を見せた。

普段は高砂にグイグイと迫られて逃げ腰な委員長だが、それでも、率先していつも近くにきてくれるその姿を憎からず思っているようだ。

「……少し気分を紛らわせる為《ため》に、話をしよう藤原くん」

高砂が熱を出し、自分自身も怪我をしていることもあってか、委員長の胸中に不安な気持ちが燻《くすぶ》っているのが見て取れる。

話をして気を紛らわせないと不安に押しつぶされそうになる、と委員長の瞳が語っていた。三代もそれを察していながら無視できるような男ではないので、応じることにした。

「そうだな。……委員長、高砂のことをどう思っているんだ？」

どんな話をしたものかと悩んだ三代は、ぼっちでコミュ力が元から不足しているからこそ、そのまま聞きたいことを聞いた。

ぼっちという生き物は世間の常識からズレていることが多々ある、というのが三代の話の振り方からよくわかる。

だが、これは今においては正解と言えた。

「い、いきなりだな」

委員長は動揺して眼鏡を曇らせたが、それは同時に気を紛らわせることに成功した、ということも示していた。

「高砂の委員長への好意は、傍《はた》から見てもわかるぐらいまっすぐだからな。想《おも》いを向けられた委員長がどう考えているのか、気にはなっていた」

「……」

「なんで黙るんだ？　少し気が紛れる話題を出したつもりだが……」

「藤原くんは少し常識を学んだほうがよいのではないか？」

「そ、そうか悪かった。俺もほら、ぼっちでコミュ力不足だからな。そこは許してくれ」

三代《さんだい》が頬を掻《か》くと、委員長はため息を吐《つ》いた。

「まぁよい。高砂をどう思っているか、だったな。端的に言うならば……異性として認識しているが、だからといって女の子として見るのが適切でないような気がしないでもない、といった感じだ」

委員長の答えは歯切れが悪かった。結局どちらなのか、と聞いてる方がもやもやしてしまう言い方だ。

だが、異性として認識しているとは言ったのだから、少なくとも彼氏彼女の関係になる可能性自体の否定は委員長もしていない。

つまるところ、最後の一押しが欲しい、という状況なのだ。

一般常識には疎《うと》いこともある三代だが、彼女持ちではあるので、こうした恋愛ごとの機微については敏感に気づけることもある。

だからこそ、最後の一押しを与えることができる瞬間を見逃さなかった。

「四楓院《しほういん》……くん……好き……」

暖炉の前で横たわる高砂のその呟《つぶや》きを耳で捉えた三代は、委員長をじっと見つめ、

「委員長、『俺も好きだ』と高砂に言ってやれ」

そう言った。

言葉と心は連動することも多く、委員長に『好きだ』と言わせることで、高砂への気持ちの最後の一押しになると三代は確信したのだ。

ちなみに、副次的な効果として、これで熱に浮かされる高砂の容態が少しでもよくなればという考えもある。

体調が悪い時、辛《つら》い時、大切な人からの言葉で頑張れる。たとえ聞こえていなくても、心が言葉を感じ取る。

三代は動揺する委員長を見据えて、繰り返し言った。

「高砂に『俺も好きだ』と言ってやれ」

「冗談は……」

「冗談で言っているわけじゃない。高砂は熱でうなされている。こういう時、人間は心の持ちようが大切だ。安心させることが大事だ」

「……」

三代は真剣であり、そうした態度が委員長の心境に変化を与えた。委員長は少し悩んだ後に、意を決したらしく高砂の耳元で囁《ささや》くように言った。

「高砂……」

「四楓院……くん……」

「……ボクは君が好きだ。だから、なんとかする。安心してくれ」

意識が朦朧《もうろう》としていた高砂に、委員長の言葉が聞こえていたのかはわからない。だが、心の芯には確かに届いたようで、荒かった息が徐々に整い出し、すっかりと安心した表情ですぅすぅと寝息を立て始めた。

そんな高砂の落ち着きを見て委員長も緊張の糸が切れたらしく、「ボクも少し休む」と言って横になり瞼《まぶた》を閉じた。

燃ゆる火が弾《はじ》く木の音だけが鳴り響くようになり、それからしばらくして、志乃がむくりと起き上がった。

「起きたった……」

「おはよう」

「うん。……あれ、まひろちゃんと委員長？」

「志乃が眠ってる間にきたんだ。高砂は熱が出てるみたいだし、委員長は足を怪我《けが》してる」

「大変じゃん……」

志乃も状況が状況であることを察したらしく、いつもの委員長への嫌悪《けんお》はなりを潜め、純粋に心配そうにしていた。

三代は何気なく窓から外の様子を眺めた。すると、吹雪がすっかり収まっており、地平線に夕日が沈んでいく様がくっきりと見えた。

（……もしかすると）

そう思って三代はスマホを確認した。吹雪が収まったお陰か、アンテナマークが一つ点《つ》いていた。三代は急いで中岡《なかおか》に電話した。

『中岡先生？』

――藤原か？　今どこにいる⁉

『ちょっと遭難してしまって、山小屋にいます。避難所、と書いてある紙が山小屋の中に貼ってありました。スキー場からそう遠くない場所だと思います』

――避難所の山小屋だな？　わかった。スキー場の人と一緒に行くから待ってろ。ところで……お前一人か？

『いえ、志乃《しの》も一緒です。それと委員長と高砂もいます。志乃と俺は元気ですが、委員長は足を挫いたみたいで怪我してます。高砂は熱出てます』

――怪我に熱……まったく。

中岡がスキー場のスタッフたちと一緒にやってきたのは、完全に日が落ちて真っ暗になってからだ。

到着してからの各々《おのおの》の動きは迅速で、委員長と高砂はすぐに病院へと運ばれた。担任として中岡は委員長と高砂に付き添いたい気持ちがあるようだったが、それは一旦スキー場のスタッフに任せ、生徒たちをホテルまで連れて行くのを優先するとのことだった。

中岡に連れられて三代と志乃がスキー場の施設まで戻ると、ロビーにはクラスメイトたちが集まっており、何やら重苦しい空気が充満していた。

——藤原くんと結崎《ゆいざき》さん、それに委員長と高砂さんも遭難しちゃったかもって……。

——これ下手すると修学旅行が中止？

——修学旅行が中止どうこう考えるより先に、四人が無事に帰ってこれますようにって心配するべきだと思うけど？

——それはそうだけどさぁ。

——中岡が電話してたの偶然聞いちゃったんだが、全員無事は無事らしいが、元気なのは藤原と結崎の二人で委員長と高砂は怪我と熱だってさ。

——委員長って抜けてるトコはあるけど、大事なとこではしっかりしてそうなイメージだったから遭難するとか意外。

——あ、中岡先生が藤原《ふじわら》くんと結崎さん連れて帰ってきた！

——委員長と高砂《たかさご》の姿がないんだが……。

——怪我と熱ってのが本当なら、委員長と高砂さんは病院直行でしょ。


クラスメイトたちが三代と志乃に気づくと、場の空気が弛緩《しかん》する。

ある程度事態を把握しきれたこともあってか、少し安心したらしい中岡が大きな息を吐くが、担任としてやるべきことを忘れてはいないようで、すぐにホテル行きのバスに乗るよう指示を出していた。

「バスに乗れ！　修学旅行はあと明日だけだ！」

あるいは中止の可能性もあった修学旅行だが、残すところも明日の自由行動のみということも考慮したのか中岡は続行という判断を下した。

色々と気を揉《も》む生徒も多かったようで、ホテルに戻るや否《いな》や、多くがすっかり疲れ切った顔になっていた。

「……なんだか疲れたね」

志乃も今日は早めに休みたいそうで、委員長と高砂のことを気にかけつつも、お風呂《ふろ》と夕食を済ませてすぐに自分の部屋に戻っていった。三代も今日は早めに休もうと思い、ベッドに潜り込み瞼を閉じた。

だが、どうにも寝つけず目が覚めてしまった。

「んごごごっ！」

同室の梅田《うめだ》がイビキをかいて爆睡しているのを羨ましく感じつつ、ひとまず何か温かい飲み物でも飲んで一息吐《つ》こうと三代は自販機があるホテルのロビーへ向かった。

時刻は午前零時。深夜の静寂が広がるロビーに三代が辿《たど》り着くと、そこに見慣れた人物が一名いた。

中岡だ。

「……はぁ」

中岡は憔悴しきった顔で、ロビーのソファにもたれかかるように座っていた。

立場的に今日一番に疲れたのが中岡であるのは容易に想像がつくので、三代はそっとしておこうと思い、話しかけずにこっそり飲み物を買って戻ろうとする。

だが、飲み物が勢いよく落ちてきて自販機が『ガコン！』と音を立てたせいで、気づかれてしまった。

「おん？　藤原？」

「……飲み物を買いにきただけなので、すぐ部屋に戻りますから」

軽く頭を下げて三代《さんだい》は回れ右で中岡に背を向ける。すると、中岡が「待て」と三代のことを呼び止めた。

「ええと……何か？」

「礼を言ってなかった。連絡ありがとう」

「別に礼を言われることでは……というか、迷惑かけた俺の方が謝るべきですし。すみませんでした」

「わざと遭難したわけではないのだから、謝る必要はない。まずは、きちんと連絡を入れたことを誇れ。連絡が遅れたばかりに対処が後手に回り、取り返しがつかないことになった、というケースが世の中には往々にしてある。連絡をきちんとする、というのは大人でもできないヤツが多いものだ」

「そう言って貰《もら》えると気が軽くなります。ところで……委員長と高砂のその後って……」

「生徒たちをホテルに送り届けてから、私も病院に行って様子を聞いてきた。どちらも命に別状はない。委員長の足首は骨折ではなく捻挫、高砂の熱も点滴がすぐに効いて下がったようだ。まぁだが、明日の自由行動に参加はさせられんな。体調が戻り次第、二人には個別に帰って貰うことになる」

委員長と高砂の気持ちを推し量るのは難しいが、二人とも三代や志乃と違って修学旅行を他のクラスメイト同様に楽しみにしていた雰囲気はあったので、悔しい思いを抱いていそうだ。

ただ、これればかりは仕方のないことである。

事態が事態なのだ。

青春のほろ苦い一ページ、として自分を納得させるしかない。まぁそういった部分については、委員長も高砂も性格は決して荒くはないので、上手《うま》く心の中で処理するハズだ。

「命に別状がなくてよかったです。安心しました。……消灯時間も過ぎてますので、部屋に戻ります。失礼します」

「おっと待て」

「……何か？」

「……最近疲れることが多くてな。少し昔話でもして気を紛らわせたい。付き合え。お前も関係がある昔話をしよう」

中岡は自分の目の前のソファを指さし、そこに座れと言った。よくわからないが、何か三代にも関係がある昔話をしたいそうだ。

簡単に断れそうな雰囲気でもなかったし、何より自分に関係がある昔話と気になる言い方をされたので、三代は大人しくソファに座って話を聞くことにした。

「あの、俺も関係がある昔話とは……？」

「私は藤原二代《にだい》教授と奥方——つまり、お前の両親のことを知っている」

「受け持ちの生徒の保護者のことを担任が知っているのは普通——」

「——そういう意味での〝知っている〟ではない。具体的に言うならば、世話になった、だな。私は大学時代、一年ほど短期留学でイギリスのロンドンにある提携校にいた。十年くらい前だ。その留学先の大学で講師を受け持っていたのが、藤原教授夫妻だった。特に私に便宜を図ってくれたのは、同じ女性だということで奥方の方だな」

まさかの繋《つな》がりに、三代は驚いた。中岡が両親とそういった方向で既に面識があった、というのは寝耳に水である。

両親から聞いたこともなかった。

しかし、だからといって中岡が冗談を言っている、という可能性が限りなく低いのもわかる。ロンドン、という具体的な都市名を出したからだ。

十年ほど前、その時に三代の両親が仕事で在籍していた大学は、確かにロンドンにあった。

その頃は三代の両親はまだ知名度も低く、渡り鳥のように様々な大学に赴いていた時代であり、そうした時期の居住地をドンピシャで当てることができるのは、当時を本当に知っているから以外にありえなかった。

「旅行ならいざしらず、長期での生活となると私も海外は怖くてな。留学先の大学に日本人の教授がいると知って、当時は本当に安心した」

「……海外に住む時、母国との勝手の違いに戸惑ったり不安な気持ちになる、というのは自然なことですし、中岡先生も苦労されたんですね」

「お前は藤原夫妻にくっついて幼少期にイギリスにいたことがあるからか、そこらへんについて、共感性が高そうだな」

「まぁ俺は好きでイギリスに住んでいたわけでは――」

――ないですけど、と言いかけて三代は口を閉じた。なぜ、中岡は自分が両親と一緒に海外に住んでいたことを知っているのだろうか、と疑問が湧いたからだ。

両親が三代をイギリスには連れていかず、祖父母の家に預けたりした可能性もあるのに、中岡は確信を持って三代が両親と一緒にいたと断定している。

三代も両親と特別仲がよいわけではないが、それでも、頻繁に他人に家庭事情を話すような両親ではないことくらいは知っている。

仮に両親が三代のことを話すとしたら、三代と直接関わらせる何かがあった場合だが……。

「……少し話が変わるんですが」

「なんだ？」

「もしかして、中岡《なかおか》先生と俺って昔に会ったことありますか？」

三代が窺《うかが》うように訊《き》くと、中岡は片眉を持ち上げ、それからすぐに大笑いした。

「ははは！　なんだ、まさか今ようやく気づいたのか？」

「ええ……いつ……？」

「お前の世話してた。長い期間ではなく、二週間くらい……だったか。それぐらいだがな」

イギリスにいた幼少期、三代は親の知人から世話を受けたことが何度かあった。

だが、決まった一人がいるわけではなく替わることも多々あったので、どんな人に世話をされたのかよく覚えていなかった。

ついでに、誰に世話をされても懐《なつ》かなかったので、上手くお世話になれなかったという思い出だけが残っている。

ただ、絞り出すようにして記憶を辿ってみると……確かに中岡らしき人物がいたような気がする。

「ま、お前は誰が行ってもすぐ逃げると評判だったからな。前にお前の世話をしていた人物から引き継いだ時に、『Sandai is scared of everything.（三代くんは怖がりなのさ）』と言われた。実際その通りだった」

「……」

「私が話しかけてもお前は返事もせず、じっとこっちを見て、それから走って逃げたんだ。追いかけっこをしたな。それで、お前がテムズ川に落ちそうになったのを襟首摑《つか》んで止めてやった。……そういえば、お前にくっついて回ってた子も一人いたな」

「まったく記憶にないです。テムズ川に落ちそうになるなんて、俺はそんなに馬鹿じゃないです。それに、俺にくっついて回っていた子というのも覚えてないです」

中岡にとっては色々と思い出深い記憶のようだが、三代は本当に当時のことをあまり覚えていなかった。

物心つくかつかないかの頃をきちんと覚えている人もいれば、そうではない人もいる。

三代は後者だ。

中岡に世話をして貰ったこと自体は、話を聞いて実際そうなのだろうと三代も思った。

だが、その時に何があったのかについては、中岡が冗談を交えている気がした。

他にもう一人という部分が特にそうだ。

日本では勿論《もちろん》のこと、海外にいた時も友達と呼べる相手はいなかった、というのが三代の認識である。

だからこそ、ハジメと友達になるのですら色々とコミュ障を発動していたのだ。

しかし……絞った記憶を更に絞り続けてみると、ほんの短い時間、偶然一緒に遊ぶことになった相手もいた気がしてくる。

ただ、友達とは呼べない程度の仲だった。

偶然、少しの間だけ一緒にいたような、そんな薄い関係性である。どんな会話をしたかも覚えていないし、顔も思い出せなかった。

「ま、お前も小さかった。覚えていなくても当然だ。私だって、園児とかそのくらいの頃の自分を思い出せと言われても、まったく覚えてないしな。……それにしても、私も人間だな、と思う時がある。お前に若干甘くなっている自覚がある」

「俺に甘いって……そんな風に扱われた記憶ないですけど」

「結崎《ゆいざき》とのアレコレの背中を押してやったりした。結崎の相手がお前ではなかったとしたら……同じように背中を押せたか、自信はないな。まぁ、教師として生徒たちがよりよい未来を掴めるよう助けるつもりはあるがな」

中岡はそう言って肩を竦《すく》めた。仕草は軽いが適当にはぐらかしている感じはなく、本心

を言っているのがわかった。

志乃《しの》と自分をくっつけようとした時の中岡は、確かに些《いささ》か過剰にお節介であった。中岡はあの時、言葉巧みにそれっぽく理由づけをしていたが、仮にその理由が本当であったとしても本来あそこまでしてくれる必要はないのだ。

しかし、過去の邂逅《かいこう》によって情が湧いていたから、とするならば腑《ふ》に落ちる。個人的に面白がっていた、という側面もあるにはあるのだろうが……。

三代《さんだい》が中岡にとってのある種の〝特別〟であり、そして、それはよくよく振り返れば以降の行動の端々にも垣間《かいま》見《み》える。

三代の時間つぶしに付き合ったりと、恐らく他の生徒には取らないであろう行動を中岡は取ることがあった。

そして、志乃にわりとキツく注意する時があるのもそうだ。

単に教師としての行動、とすることもできるが、一方で、三代の負担が大きくならない為《ため》に先んじて志乃に警告している、という見方ができなくもない感じだった。

気づきたくない事実に気づいた三代は唇を歪《ゆが》ませる。すると、中岡が耳を摑んで引っ張ってきた。

「い、いててててっ！」

「変に悩むな。ただ、少し昔話がしたかっただけだ。そういう気分だったんだ。……若い時、甥《おい》や姪《めい》をやたら可愛《かわい》がる人を見て不思議に思っていたが、今ならその気持ちがなんとなくわかるな。可愛いものだな。……さて」

中岡はパッと三代の耳から手を離すと、すっと立ち上がる。

「こういう場面を万が一にでも結崎に見られると、何をされるかわからん。話は以上だ。頑張れ若人《わこうど》」

「……」

中岡は去って行く――かに見えて、なぜか振り返ってきた。

「結崎とお前がどこまで進んだのか、雰囲気からなんとなく察しているから言うが、ちゃんと避妊はしろよ？　ははっ」

中岡はやはり中岡だった。余計な一言というか、全てを台無しにする捨《す》て台詞《ぜりふ》というか、そういう言葉を置いていった。

三代は呆《あき》れた顔で中岡の背中を見送る。それから、少し夜風に当たろうと思い外に出た。

三月に入ったばかりの初春の函館《はこだて》。

未《ま》だ冬が抜けきらない冷たい風が吹く中で、三代は夜空を見上げた。

昼に空を覆いつくさんばかりに濃かった雲はすっかりと消え、澄んだ空気と綺麗《きれい》な星空の輝きがよく見えた。

どこまでも、どこまでも広がる夜空だった。

三代は志乃が委員長と高砂《たかさご》を心配していたことを思い出すと、中岡から聞いた二人の話をチャットで伝えることにした。時間的に志乃が寝ているのはわかっているが、まぁ朝起きた時に目を通して貰えればというところだ。

簡潔に文章を整理して三代はチャットを送った。

すると、返信がすぐにきた。

どうやら、送ったチャットが鳴らした通知音で起こしてしまったようだ。

志乃の返信は、寝ぼけているのがわかるくらいに誤字脱字が多かったが、要約すると『命に別状がなくてよかった』である。

三代は起こしてしまったことを謝りつつ、委員長と高砂は大丈夫なのだから俺たちは気にせずいつも通りでいよう、と伝えた。志乃は『わかった』と返してくれた。

3月2日～3月6日　恋愛は人それぞれだね。

1

昇る朝日の陽光の温《ぬく》もりに当てられ、三代は目覚めた。

今日は修学旅行最終日だ。

丸一日自由行動の日でもあり、好きに函館の街を楽しむことが〝学び〟に繋がるそうだ。

「ふぁぁぁ……」

三代が欠伸《あくび》をすると、遅れて梅田《うめだ》が目覚めた。梅田はごしごしと瞼《まぶた》を擦《こす》りつつ、なぜか真剣な顔で三代を見つめてきた。

「……どうした？」

三代が訊くと梅田は顔を伏せた。

「藤原《ふじわら》……その、俺も色々考えて言おうかどうか迷ったんだが……ちょっと頼みごとがある」

「朝食済ませてから、できれば結崎も一緒に俺の話を聞いてくれないか」

「頼みごと？」

「志乃も一緒に？」

「そうだ。結崎にも協力して貰《もら》えると色々と捗《はかど》る……と思ってる」

梅田が望む協力とやらには皆目見当もつかないが、なんだか深刻そうな雰囲気だったので、とりあえず話を聞くだけ聞いてみようと三代は思い了承した。

朝食を済ませ、それから志乃を連れて梅田のところへ向かった。すると、梅田は腰を直角に曲げる勢いで頭を下げた。

「――頼む！　恋のキューピッドになってくれ！」

何を言っているのかこの男は、と三代は困惑した。当然志乃も眉をハの字にして戸惑っていた。

「ちょ……え？」

「いきなり何を……」

「よくわからんが、お前ら二人に協力して貰ったら、なんか上手《うま》くいく気がするんだ。そんな気がするんだ！」

常日頃から仲良しな恋人同士の三代と志乃に協力して貰うことで、恋愛的な運を何か引き寄せられるのではないかと、そういったある種の〝おまじない〟効果を梅田は期待していると吐露した。

「俺は好きな女子がいるんだ！」

「そ、そうか」

「が、がんばえー」

「他人事《ひとごと》みたいな言い方しないでくれ！　協力、頼む！」

みたい、というか三代と志乃からすれば普通に他人事なのだが……梅田も切羽詰まっているらしく、簡単には引き下がってくれなさそうだ。

三代は志乃と顔を見合わせる。

「どうする？」

「どうするって……うーん……」

「俺も梅田のことを詳しく知っているわけじゃないが、断っても食い下がってくるタイプな気がするんだよな」

「まぁ、あたしは三代が一緒なら協力するのも構わないけど……」

「俺も少しくらいなら協力するのは構わないんだが……」

協力すること自体は二人ともやぶさかでもなかった。

問題は、自分たちが協力することで本当によい結果を持ってこれるか、という点だ。

「手伝ったことで関係を縮めるどころか逆に悪化させる可能性もゼロじゃないんだよな。俺たちがよかれと思ったことが裏目に出る可能性もある」

「それはそう」

「絶対に上手くいく、って自信持っては言えないのがな……。俺たち自身が結構特殊だから、経験が役に立つかどうかと言ったら微妙というのもある」

あまり深入りするべきではない、というのが恐らく正しい選択だ。

だが、ぴえんと半泣きの男子生徒を軽くスルーしてしまうのも、それはそれでなんだか寝覚めが悪いのも確かだ。

「まぁ俺は志乃がどうするか次第だな」

「あ、あたしに丸投げ？」

「俺は志乃以外の他の女の子の気持ちがわからないからな。志乃にやる気がなければ俺にできることは何もない。というわけで判断を委ねる」

「なるほどにゃあ……」

志乃が猫っぽい語尾になっているのは、意味も意図もなくなんとなくでしかないのは三代も理解しているので、指摘せずにノリに合わせて猫の手を作る。

「にゃ」

三代が適当な猫語を話すと、志乃も「にゃ」と猫の手を作る。

「うにゃ〜！」

「にゃにゃ！」

やり取りをしている二人よりも、見ている方が恥ずかしくなる場面が爆誕していた。横で二人の猫仕草を見ていた梅田が顔を真っ赤にして俯《うつむ》いた。

「……彼氏彼女って、そういうことするんだな」

変な固定観念を植え付けてしまったようだが、男女関係にはセオリーもスタンダードもないのであって、あくまで当人たちにとっての最良な距離感を探すのが大事である。

そこに想《おも》いが至らないのであれば、万が一付き合うことができても、別れることになるだけだ。

というところで、さて返答はいかに……と三代は志乃に目くばせする。すると、志乃は肩を竦《すく》めて、

「……ちょっとくらいなら、手伝ってもいいんじゃないかなって思うかな？」

志乃にその気があるというのであれば、三代も拒否する理由はないので、梅田に了承を伝えた。梅田は嬉《うれ》しそうな顔で三代の手を握り「ありがとう！」と繰り返した。

そして、梅田は志乃《しの》に蹴っ飛ばされた。

「ごふっ……！」

「人の彼氏に触るな」

「お、男同士だが……」

「かんけーないし。次同じことやったら、手伝わないからね？」

「は、はい……」

男相手でも嫉妬する志乃の性格に変わりはないようで、気が付くと氷のように冷たい表情となっていた。

下腹部を押さえながら膝をつく梅田の姿は、なんだか学祭の時の委員長を彷彿《ほうふつ》とさせた。

こうなる前に止めに入ればよかったのだが、梅田には初日に志乃の性格について伝えていたこともあって、まさかこういう失敗はしないだろうと三代《さんだい》も油断して反応が遅れてしまった。

とりあえず、心の中で手を合わせて『南無《なむ》』と祈っておいた。

2

「で、誰なの？」

「どの子が好きなのか、それを知らないと話は始まらないからな」

「えっと……あの子……なんだ。結崎《ゆいざき》の友達のギャルなんだけど……」

梅田が指さした先には、ケラケラと笑いながら旅風情《ふぜい》もなく近くのスタバで買った飲み物を口にする志乃のギャル友達がいた。

今まで三代は志乃の友達の特徴を気にしたことがないが、件《くだん》のギャルは小麦色に焼けた肌で、朗らかで少し背が高い子だった。

「あ、真奈美《まなみ》ね」

志乃の友達の名前を初めて知った三代だが、今後深く関わる機会があるかと言われれば特にない気がするので、別に名前は覚えなくてもよいかなとは思った。

「そう！　真奈美！　あいつさ、結構優しいんだよ！」

「わりと常識あり寄りの子なのは確かにそうかもね。喧嘩《けんか》とか始まると止め役になってくれる子だし」

「そうなんだよ！　優しいんだ！　実は学祭の時に『大変そーじゃん』って俺のやってる作業手伝ってくれて、それで俺のこと好きなのかなって……」

梅田は興奮気味に語るが、恐らく真奈美が手伝った理由は〝なんとなく〟だと三代は直感していた。

志乃の友達が〝好きだから〟で手伝うような、そうした殊勝な人間であるとは三代には到底思えないのだ。

軍団で『改造』と称して三代を連れ回してみたり、チョコ作りで勝手に人の家を使ってみたり、そうした行動を度々取る集団の一人である、と知っている三代からすれば、どこらへんに〝優しさ〟要素があるのか甚だ疑問だ。

梅田は間違いなく変な勘違いを起こしている。

だが、それを責めることはできない。

そういう年頃だからだ。

十代の半ばの多感な時期は、ほんの少しの触れあいで勘違いも起こすものだ。

ただ、そうした勢いのような部分は決して馬鹿にはできないものでもある。ちょっとした出来事がキッカケとなり上手くいく場合もあるからだ。

大きな理由もなく好きあって交際を始めた三代と志乃などは、そうしたケースの類似成功パターンと言える。

だが、それはある意味で運も絡《から》む。

お互いの性格、状況、押し引きのタイミング……そういったものが歯車のように塡《は》まって回るか否《いな》か、という要素が大きいのだ。

真奈美と男子の距離が近づくかは、歯車を上手に塡められるかにかかっている。

「要するに……学祭の時に手伝ってくれたから好意があるのかも、と感じたわけだ？」

「そうだ」

「なかなかの思い込み力……」

志乃がバッサリと梅田の希望を打ち砕いた。変な暴走をさせない為《ため》に最初に釘《くぎ》を刺しておこう、と考えているのが透けて見える。

「お、思い込み……？」

「うん。真奈美は好きだから手伝うとか、そういうことするタイプじゃないから。どっちかとゆーと、好きな相手を前にすると逃げる方かな。話しかけられないってゆーか」

「そ、それなら俺の手伝いしてくれる時にも、ちょっと距離あった気がする！　俺のこと好きだから逃げ気味だった可能性が……」

梅田が変に粘り始めた。勢いを確実にモノにする為にまず必要なのは、現状を理解することなのだが、それから遠ざかろうとしている。

一旦現実を見て貰う必要がある、という志乃の方向性に合わせた方がよさそうだと感じた三代は、志乃の主張に援護射撃を加えることにした。

「梅田《うめだ》のことが好きだから逃げたのではなくて、単に視線がネットリして嫌だったとか、そういうアレじゃないのか？」

「そんなネットリした視線なんて俺は……」

「じっと見てたりしなかったか？　相手が自分のこと好きかもって思ったのは、無意識にでも観察して仕草なりからそう読み取ったからじゃないのか？」

「そういわれると……見てたかもな、ずっと」

「やっぱりな。それが原因じゃないのか？　じっと見られてたら、嫌な気持ちになるだろ」

「な、なんなんだよ！　手伝ってくれるって言ったのに、なんでそんな俺のこと責めんだよ！」

少しキツく言い過ぎてしまったのか、梅田が憤慨し始めた。

しかし、大事なことなのだ。

できることなら、女の子の立場から説明ができる志乃から話して貰《もら》うのが一番だが、ゴミを見るような目で梅田を見ているので、それは期待できそうになかった。

まぁ志乃はそもそも男の子が苦手だから、というのもあるのだろうが、ともあれ三代がこんこんと説明を繰り返すことに……。

今にも火を噴きそうなほどに顔を真っ赤にしていた梅田だが、三代が丁寧に諭すように話していると、そのうちに怒りの熱気を冷まして納得してくれた。

「……なるほどな。俺が変だったんだな。よくわかった」

「理解してくれて何よりだ」

「でも、じゃあ俺はどうすればいいんだ。この片思いの状態辛《つら》いんだが？」

「辛いも何も、それじゃあ、好きになって貰えるように努力すればいいだろ。自分の駄目な部分に気づけたんだから、あとは直して相手に合わせるだけでいいと思わないか？」

「真奈美は……どんな男が好きなんだ？」

そんなこと三代が知るわけもなく、ここは志乃の出番となる。だが、志乃は先ほどからの梅田の言動に忌避感を抱いているせいか、露骨に嫌そうな顔をしていた。

「なんかさぁ、こういう変な男を友達に送り込むのって嫌な気分になる……」

その気持ちは三代にもわからないでもなかった。

端的に今回の状況を志乃の立場で考えてみると、実際がどうであれ、友達に対して彼氏候補の男を送り込もうとしている、ということになる。

胸を張って送り込める男の子ならともかく、梅田は性格が子どもっぽいというか、悪く言えば難がある。

なんだか嫌な気持ちになっても仕方がないのだ。

しかし、勢いとはいえ協力すると言ってしまった手前もあった。それを反故《ほご》にするのもそれはそれでモヤる、という板挟みに志乃も陥っているのだ。

まぁだが、梅田も反省はしているようで、自分の駄目な部分を直す気はある姿勢は見せてくれている。

そこは理解してあげるべきだ。

誰だって失敗はあるものだし、未経験のことであれば立ち回りが下手なのも仕方がないのである。

それに、梅田のことをどうこう言えるほど志乃も立派とは言えない面がある。交際前に勢いで三代にキスをしてみたり、行動だけ見れば志乃も大概なのだ。

志乃自身、そうした自分の初めてゆえの過《あやま》ちや暴走について自覚があるのか、最終的に渋々ながらも梅田にアドバイスを出し始めた。

「真奈美は調整役に回ることも多いから、自分で何かを決めたりとかあんまりしなくて、だからそんな自分を引っ張っていってくれる男が好き……な気はする」

「具体的にどういう風にすればいい？」

「えーと……例えば、皆でご飯食べに行った時とか、真奈美は周りに合わせて自分の食べたいの我慢しようとするんだけど、それを察して上手《うま》く注文するとか？」

「なるほど。何が望みなのかを聞いて、それをゴリ押す強引さが必要ってコトか？」

「や、察してあげるのが大切！　聞いたら駄目」

「は？」

「聞かれて答えただけでも、なんだか催促させちゃったかもみたいに思って、自分が嫌な女かもって落ち込んじゃう可能性あるから」

「え、えぇ……」

「気にしない子もいるけど真奈美は気にする方だよ？」

「……」

「真奈美、欲しいものとか食べたいものとかちらちら見てたりすること多いから、ちゃんと察してあげてね。気づかれないように爽やかにね？」

それぐらい簡単にできるハズ、という前提で志乃は軽く言うが、これはかなりの無茶ぶりだ。梅田も絶望の表情になっている。

志乃が梅田に高度な要求を突きつけた原因は、恐らく志乃の中にある『男の子にできること』の基準が三代だからだ。

三代は、普通の男の子ができないことを今までやってきた。だが、志乃はそれを正しく理解していないのだ。

三代《さんだい》は察する力が高い方、という点については、志乃《しの》も本能でわかっている様子だが、それはあくまでなんとなくであり、具体的にどのくらい三代の察する力が高いのかについてはまったくの無知なのだ。

しかしながら、知っている男の子が彼氏の三代だけであり比較対象を持っていない、という環境の志乃を責めるのも酷な話だ。

ものさしを持たない状態で測れ、と言われて完璧に測れる人間は、よほど頭がよいか天才のどちらかだ。残念なことに志乃は天才ではないし、頭がよいわけでもなく、むしろお馬鹿ちゃんでもある。

三代にできることの八割くらいは一般的な男の子もできるハズ、と考えるのもやむなしであった。

三代ができることの半分すらできない、という男の子が世の中の過半数と志乃は気づける日がくるのか……等《など》というのはさておいて、かくして突きつけられた難しく厳しい要求に狼狽《うろた》える梅田だが、やるだけはやりたいらしく渋面になりながらも頷《うなず》いた。

「わかったよ、察してやる！」

「その『～してやる』っていう高圧的な言い方すっごい嫌な気分になるから、普段の言葉遣いも変えた方がいいと思うよ。嫌われたいなら別だけど」

「わかったわかった！　言い方も直す！　行ってくる！　二人とも見守っててくれ！」

志乃の善意からなる苦言に痺《しび》れを切らしたのか、梅田は話を切ると、弾丸のように一直線に真奈美《まなみ》のところへ向かった。

「様子見にいくか？　それとも、アドバイスはしたしあとは放置するか？」

「あたしの友達が関わることだし、様子を見たいのはある」

三代としては梅田を放置でも構わないのだが、志乃は自分の友達にも直接関係することもあってか経過を追いたいと言った。

三代は志乃の想《おも》いを汲《く》むことにした。

「そうか。それじゃあ、今日はこっそり陰からあの二人を見守るか」

志乃は三代が自分を慮《おもんぱか》ってくれたことに気づいたらしく、嬉《うれ》しそうに「うん」と頷いた。

というわけで、物陰から梅田と真奈美の様子を窺うことにした。

梅田は思い込みが激しいが、その副産物なのか行動力もひと際《きわ》あるようで、緊張はしていても一切の躊躇《ためら》いはないようだった。

真奈美が一人になったのを見計らい、即座に話しかけていた。

——お、おう真奈美。今暇か？

——誰？

——同じクラスの梅田だよ梅田！

——梅田……なんかそんな苗字《みようじ》のやついた気がする。で？

——いや、その……今日自由行動だし、よかったら俺と一緒に……。

——デートに誘ってくれてんの？

——そ、そういうアレじゃなくてだな……暇だったら一緒にどうかなって……。

——デートじゃないんだ。じゃあサヨナラ。

——え？

——デートなら、私のこと女の子として見てくれた男なんだなって思うから、その気持ちに少しは応える気はあるけど、そういうんじゃなくて時間潰しの都合のいい相手確保みたいなノリはチョットね。

——真奈美とデートしたいのでしてください！

梅田はどうにか次に繋《つな》げようとして、過剰に相手に合わせて言っていることを二転三転させていた。

挙動不審、という言葉がここまで似合う人間も珍しいものだ。

だがまぁ、そうして一生懸命な梅田の姿に真奈美も悪意はないと感じ取ったのか、わりと好印象を抱いているらしく笑っている。

志乃と比べて真奈美は懐《ふところ》が広い、というのがわかる場面だった。

梅田のような挙動で男に近づかれた場合、そこに悪意がないとわかっても志乃ならば間違いなく拒絶する。

一旦様子を窺おう、という真奈美のフラットさのお陰で、梅田は上手くデートにこぎつけることができたようだ。

梅田は真奈美と一緒に路面電車に乗った。三代と志乃も慌てて乗り込み、梅田と真奈美の二人からは見えない隅の席に座った。

「危なかったな」

「乗り遅れるとこだった……」

まもなくして路面電車が動き出した。

路面電車の中から見える景色は、普通の電車のそれとは随分違うものだった。車両が道路を使用して低速で走るので、流れる街並みがやたら鮮明だ。

バスに乗っている時とも似ている気がするが、しかし、似てはいても絶対に違うと断言できるような不思議な感覚だ。

「そういえばなんだけど、あたし路面電車乗るの初めてだ」

「俺も初めてだ。近くにないもんな。まぁ知らないだけで、探せばあるのかもしれないが」

改まって探したことがないだけで、もしかすると、元々の生活圏の中に路線は短くとも路面電車が走っている可能性はある。

基本は徒歩でなんとかなるし、少しの遠出なら普通の電車やバスを使うことが多く、探そうとしたことがなかっただけだ。

「帰ったら少し調べてみるか。あればデートの幅が少し増えるしな」

三代がそんなことを言っていると、なにやら梅田《うめだ》と真奈美がわちゃわちゃし始めていた。

――函館《はこだて》、ご当地スイーツあるんだって。

――食べ物……だと？　外してはいけないタイミングがきた！

――え？

――待て待て今スマホで……よし出てきた。いや～スイーツいっぱいあるな。どれも美味《おい》しそうだな。見ろ。

――『見ろ』っていう言い方が若干癪《しゃく》に障《さわ》るけど……あ、ほんとに美味しそうなのいっぱいあるね。梅田はどういうのが好きなの？　私もそれでいいよ。

――俺か……俺はだな……。

――なんで私の目を見んのよ。スイーツが載ってるスマホの画面を見なよ。

――いやはははは、え、えっと……あっ、いや、俺が食べたいのは、真奈美が一瞬チラっと見てたっぽい……かぼちゃのプリンかな……？

――へぇ……確かにこれ私もちょっと気になったやつだ。

梅田と真奈美は路面電車を降りると、近くの洋菓子店に入った。

二人のあとを追いかけ、同じく路面電車を降りてこそっと洋菓子店に入った三代と志乃は、バレないように立ち振る舞う気持ちを持ちつつ、折角なので自分たちも何か買うことにした。

「色々あるな。お菓子は俺もよくわからないから、ここは志乃に任せる」

「任せて～」

鼻歌交じりに洋菓子を眺める志乃が最終的に選んだのは、チーズオムレットにポルボローネ、それに函館ラスクなどのご当地感が強そうなものを中心に、お土産としても有用そうな洋菓子ばかりだ。

志乃はどうやら、バイト先や家族へのお土産として選んだようだ。

「三代もバイト先で配るんだろうなって思ったから、どんな人の口にも合いそうでご当地感があるものを選んだった」

今回はお土産を買うのではなくて自分たちが食べる分だけ、と考えてしまっていた三代は、そんな自分が駄目な男に思えてきて少し落ち込んだ。

まぁだが、いつまでも暗いままでいると志乃も不思議がるので、気持ちはすぐに切り替えた。

とりあえず、以前に志乃と約束した通り、こういう時には7：3で7と端数《はすう》を自分が持つと宣言した比率通りにお金を出した。

さて、お土産も買ったところで、引き続き梅田と真奈美の尾行を続行である。

3

時間は一瞬で過ぎ去った。

すっかり夕方になり、もうホテルに帰る時間となった。

梅田と真奈美の二人について、今日一日様子を窺ったところ、上手《うま》くいきそうに見えつつもそうでもないような、なんとも微妙な感じの結末を迎えていた。

初回デートで交際を始めるケースもあるにはあるが、基本的に、初回はまず異性としてお互いを意識できるかが焦点になるものだ。

梅田も頑張っていたように思えたし、真奈美の懐が広いのも確かだが……しかし、真奈美が梅田を強く異性として意識した場面もなく、中々に厳しい結果だった。

友達にはなれるが恋人にはなれない――そういうラインだ。

消灯間近、部屋に戻って寝る前に、三代は梅田と真奈美について志乃と意見のすり合わせを行った。

「多分だが、梅田が彼氏になるの無理だよな？」

「真奈美も距離感近そうに見えて、心の壁はそんな崩してなかったから……うーん……まぁ無理だと思う」

「梅田に教えた方がいいか？」

「いや……言わない方がいいんじゃないかな。絶対に真奈美が心変わりしないって言い切れないし」

「限りなく低くても可能性がゼロではない以上トドメを刺す必要はない、と？」

「まぁね。奇跡がおきる可能性もあるにはあるし」

「じゃあ、何も言わないでおくか」

「それがいーよ。……そろそろ時間だから、おやすみの〝ちゅう〟」

志乃《しの》が瞼《まぶた》を閉じたので、三代《さんだい》は志乃の望み通りにキスをした。おやすみの〝ちゅう〟は、息継ぎを繰り返しながら数分間続いた。

少しの名残惜しさを感じつつ、三代は志乃と別れて部屋に戻る。すると、梅田が興奮気味に三代に近づいてきた。

「なぁ藤原《ふじわら》！　今日の俺は上手くやったよな⁉　普通に会話できてたし、それに、ちゃんとアドバイス通りに〝察する〟ってのもできた気がする……！」

真奈美の心中を察することのできていない梅田は、確かな手応えを感じていると語り出した。

真実を知らず浮かれている梅田の姿が、三代にはなんだか可哀想《かわいそう》にも思えてきたので、諸々《もろもろ》を教えてあげたくなる気持ちが湧くが……志乃に『言わない方がいい』と言われたことを思い出し、余計なことを言わずにいようと決めた。

「そうか。上手くいきそうか」

「いきそうだ！」

「よかったな。まぁなんだ、別に彼氏になったわけでもないのだから、迷惑にならない程度に優しくしてあげ続けることだな」

「わかったぁ！」

「じゃあ俺は寝る」

三代はベッドに潜り込むと、すやすやと寝息を立てた。真夜中に梅田のイビキで目が覚めたので、耳栓代わりにティッシュをねじって自分の耳に突っ込んだ。

翌朝、朝食を済ませてすぐに、クラスメイトたちは全員バスに乗って空港に向かった。着いた空港では出発の時と同じ手順を踏んで、続々と飛行機の中に乗り込んでいった。

機内の座席で三代は出発の時同様に志乃と離れることになってしまったが、今回は気を使う必要がある場面もなかったので、他のクラスメイトたちと上手く席を交換することで、隣同士に収まれた。

飛行機の中は、飛び立つ前も飛び立った後も静かだった。修学旅行を思い思いに楽しみ、皆疲れていたのだ。

三代と志乃も、気づかないうちに疲れが溜《た》まっていたようで、肩を寄せ合ってお互いに支えあうようにして夢の世界に旅立った。

単なる学校行事、と三代は考えていた修学旅行だが、終わってみれば色々とあった。スキー場での遭難事件、中岡《なかおか》と両親の関係性、クラスメイト同士の新たな恋愛模様……。

だが、そうして何かが起きても、恋人の志乃との時間、そして繋《つな》がりだけは何の問題もなく穏やかに、そしてたゆたうように過ぎていて、三代はそれがあるお陰で全てが許せていた。

志乃はどうだろうか？

本心の本音のところは、志乃本人にしかわからないことだが、しかし、三代の肩に涎《よだれ》を垂らして寝入る姿が物語っていた。

――あたし幸せ。

きっと、それが本心だ。恐らく、それが本音だ。

4

修学旅行が明けてすぐ、クラスメイトたちの悩ましい声が教室に響いていた。修学旅行で得た学びは何か、をプリントに書いて提出する必要に迫られたからだ。

「初日にあった歴史の説明や建造物の見学、二日目にあったスキー体験……きちんと振り返れば書けるハズだ」

ため息交じりにそう告げた中岡は、担任用の席に座って孫の手で背中を掻《か》きつつ、言葉を続ける。

「修学旅行はお前らへのご褒美《ほうび》ではなく、れっきとした学習の為《ため》の学校行事だ。変なことは書くなよ。私が怒られる」

保身に走る中岡の態度に、どこからともなく『このダメ教師』という呟《つぶや》きが聞こえてくる。だが、中岡は全てスルーして欠伸《あくび》をしていた。

いつも通りの中岡だ、と一連の流れに妙な納得感を覚える三代は、既にプリントを書き終えていた。

三代はこの手の感想を書くのが得意だ。

なんとなくきっちり、そこはかとなくそれっぽく仕上げられるのだ。

まぁ、そんなちょっとした特技自慢はさておいて、プリントをさくっと提出した三代は自分の席に戻りつつ委員長と高砂《たかさご》を横目に見た。

スキー場で遭難しかけ、修学旅行を途中でリタイアした委員長と高砂の二人だが、普段と変わりない様子だった。

途中離脱に思うところはあるのだろうが、上手く折り合いをつけたようだ。

カリカリ、とペンが走る音が教室に響き渡る。

特にすることもない三代は、彼女の志乃がプリントをどう書いているのか気になって、振り返った。

志乃は鼻歌交じりにうつぶせ気味にペンを走らせている。三代はそっと上から覗《のぞ》き込むようにして、志乃のプリントを盗み見た。

『彼ピと一緒の修学旅行！　クラスメイトたちがちょっと邪魔だったけど、でもそのお陰で、三代と二人きりの時間がとても大切で……そして、大事な一瞬なんだと気づけました。つまり、あたしは愛を学びました。♡』

これはさすがに怒られるのではないか、と三代が感じた一抹の不安は見事的中し、提出後に志乃はめちゃくちゃ中岡から怒られていた。

だが、怒られて黙って反省する志乃ではなく、いつものように歯向かっていたのだった。

——結崎《ゆいざき》！　なんだこれは！

——あたしが学んだことですけど？

——内容が修学旅行とまったく関係なさすぎる！　要するに藤原のことが大好きって書きたいだけだろこれ！

——修学旅行を通して三代との二人きりの時間の大切さに気づきました、って話だし、どちゃくそ関係あるんですけど？

エピローグ

修学旅行が終わり、三学期も残りは消化試合のようなもので、一か月も経《た》たないうちに春休みがやってくる。

だが、春休みを迎える前に一つ重要なイベントが残っていた。

ホワイトデーだ。

このイベントについては——それっぽい感じのお返しをして終わり——にはできない事情があった。

3月14日は、実は志乃の誕生日でもあった。

バレンタインのお返しと誕生日プレゼントは分けるべきか？　それとも、合わせて豪華なプレゼント一つにするべきか？

わからない。

非常に悩ましい問題である。

こういう時は本人に聞くのが一番だ、と三代はチャットを飛ばした。それが一番確実であったし、なるべく本人の望むようなプレゼントを贈りたいからだ。

失敗はしたくない。

だが、そうした三代《さんだい》の思いとは裏腹に、志乃《しの》は明確に『これがいい』と具体的な欲しいものを教えてくれなかった。

――三代が一生懸命考えて悩んで、そうして選んでくれたのがいい！ お誕生日プレゼントだし！

志乃が求めたのは、三代が〝自分で考えて選んだプレゼント〟だった。だが、これは三代にとっては中々に難しい要求でもあった。

（……どうすればいいんだ？）

三代は眉を顰《ひそ》めながら、わしゃわしゃと頭を掻きむしる。とりあえず、志乃がバイトで自分は休みの日――ホワイトデー前日の3月13日に、なんとかすることにする。

そして、その日に予想外の来訪者が現れることになった。

朝から三代が頭を悩ませていると、来客を告げるドアホンが鳴った。確認してみると美《み》希《き》だった。三代は慌ててエントランスへ向かった。

「やっほ～！　美希が遊びにきたよ！」

救いの神か、それとも騒動を引き起こす悪魔か？　美希の正体は未《いま》だ掴《つか》めないが、ただ、プレゼント選びを相談するには丁度よい相手がやってきたのも確かだ。

美希には、以前に下着の件で遊ばれたことがあるが、結果的にはよい方向に転んだ。美希の話を全て真に受ける必要はないが、参考にするには十分すぎる実績があった。

三代はニコっと笑って美希を部屋に招き入れることにした。

「美希ちゃん、今日はどうしたのかな？　とにかく、外も寒いし温まっていくといいよ」

「……おこらないの？」

「怒るなんてとんでもない。彼女の妹だしね」

「……？」

「はい、ジュースもあげる」

三代がジュースを渡すと、美希は怪訝《けげん》そうに首を捻《ひね》った。どうやら、三代の様子がおかしいことに気づいたようだ。

「じゅーす……くれるの？」

「あげる」

「ありがと。ところで、そろそろおねえちゃんの誕生日だけど……」

「美希はおにいちゃんがプレゼント選びに困っている気がしてるんだけど……あたってる？」

「そうだね」

「当たってる！」

「わりとガチで困ってるぽいね……きもちわるい態度のりゆうわかった」

日々は過ぎていくし、いまだ悩むことも迷うことも沢山ある。三代とて志乃のあらゆる心情や思考を細かに理解できるわけではないのだ。

どれだけ理解者たりえようとしても、本人ではないのだから、実際のところを知る術《すべ》は限られている。

だが、それは誰が相手であってもそうだ。

親の心子知らず、という言葉があるように、たとえ血縁者であっても考えがわからないこともある。

人の感情、気持ち、心はとても難しいのだ。

ただ、それを知ったうえで、彼氏として自分なりに理解しようと思うことだけは三代も忘れたくはなかった。

お互いが笑顔でいられるように、幸せでいられるように、その為の努力を惜しもうとは思わないのだ。

今日も明日も、きっと楽しい時間が過ぎていく——三代はそう願っている。まぁ、世の中はそう上手《うま》くはいかないのだが……それはまた次の話だ。

あとがき

前巻のあとがきにて薔薇《ばら》の購入をお伝えしておりましたので、今回「綺麗《きれい》に咲きました！」とお伝えできればと思っていたのですが、このあとがきを書いているのが2月……というわけで、つまりまだ咲いていません（泣）。

まぁ私の近況はさておきまして。

三巻目に突入した本作ですが、前巻同様に三代《さんだい》くんと志乃《しの》ちゃんの恋人としての日々が過ぎました。

相変わらず三代くんが大好きで、気持ちが溢《あふ》れてしまう志乃ちゃん。そんな志乃ちゃんを受け入れて、同じように大好きだと言葉と行動で伝える三代くん。

順風満帆に進む二人の毎日は、決して都合よくそうなっているのではなくて、これは二人が歩み寄っているからこそだと思います。

著者である私自身、執筆しながら本作を一人の読者としても追いかけていますが、その途中で「なるほどなぁ」と納得することがありました。

三代くんは志乃ちゃんがどうされると嬉《うれ》しいのかを常に考えて動いていますし、一方の志乃ちゃんも三代くんを大事にしています。

交際を始めてから徐々に似てくるところもある二人ですが、それでもまったく同じではなく、それをお互いに理解しているからこそ、必要な時にきちんと寄り添うことで本編の幸せな日常があるように感じました。

三代くんも志乃ちゃんも、幸せは空から降ってくるものではなくて、『自分たち次第』と捉えているのが窺《うかが》えます。

三代くんと志乃ちゃんのそうした日々の傍《かたわ》ら、他の登場人物にも少しずつ変化が訪れ始めました。

志乃ちゃんの危惧が現実のものとなった後輩の女の子、何か秘密を抱えている……かのような雰囲気を出し続けるハジメくん、色々と距離感を摑《つか》みきれずにいる芽衣《めい》ちゃん、修学旅行で関係性に変化が訪れていそうな委員長と高砂《たかさご》ちゃん、三代くんと繫《つな》がりのある過去が判明した中岡《なかおか》先生、志乃ちゃんのギャル友達の恋愛模様……。

登場人物は誰もが自我を持ち、それゆえに好き勝手に動くものですから、私も想像していない展開になることもあります。

今巻でも、多くの場面で著者の私も驚くような展開がありました。どの部分がそうであったか熱く語りたいところですが、あとがきの字数も迫っておりますので控えさせて頂きつつ……。

最後に謝辞を。

まずは読者の皆さまへ。

今巻もお手に取ってくださり、ありがとうございます。二巻でも勢いが落ちずということで、楽しみにしてくださっている方が多くおられると結果を通して知り、ホッとすると同時に嬉しく思いました。本当に感謝です。

次に今回もイラストを添えて下さった緋月《ひづき》ひぐれ先生へ。

完成したイラストは勿論《もちろん》のこと、ラフ等も含めて拝見する度に素敵に作品を彩《いろど》って貰《もら》えていることを実感しており、感謝の気持ちでいっぱいです。今巻も表紙や口絵、挿絵でキャラクターたちを生き生きと描いて貰えて嬉しいです。

そして関係者の皆さまへ。

担当編集の竹《たけ》ちゃん、ありがとうございます。ファンタジア文庫編集部、校正、校閲、装丁デザイン、流通、印刷所の皆さま、ありがとうございます。各書店、電子サイトの皆々さまにも厚く御礼《おれい》を申し上げます。

毎巻感謝を伝えておりますが、私は気持ちを表に出さないと忘れがちになってしまう方なので、頻度はあれどなるべく言葉に出すようにしています。

さて、次巻を出せるかどうか、そこは出版業界も状況が目まぐるしく動く時代になっておりますので確実ではありませんが……それでも出せたらよいなと思っております。

多分出せるんじゃないかなぁという気ではいますので、その時にはぜひとも、なにとぞよろしくお願いします。

それでは失礼いたします。

また次巻で皆さまとお会いできることを、楽しみにしています！

お便りはこちらまで

〒一〇二‐八一七七
ファンタジア文庫編集部気付
陸奥こはる（様）宛
緋月ひぐれ（様）宛

富士見ファンタジア文庫

うしろの席《せき》のぎゃるに好《す》かれてしまった。3
もう俺《おれ》はダメかもしれない。
令和5年4月20日　初版発行

著者——陸奥《みちのく》こはる

発行者——山下直久
発　行——株式会社KADOKAWA
〒102-8177
東京都千代田区富士見2-13-3
0570-002-301（ナビダイヤル）
印刷所——株式会社暁印刷
製本所——本間製本株式会社

ISBN978-4-04-074949-5 C0193 ◇◇◇

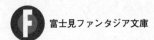

切り拓け！キミだけの王道
ファンタジア大賞
原稿募集中！
賞金
《大賞》300万円
《金賞》50万円
《銀賞》30万円
選考委員
細音啓「キミと僕の最後の戦場、あるいは世界が始まる聖戦」
橘公司「デート・ア・ライブ」
羊太郎「ロクでなし魔術講師と禁忌教典《アカシックレコード》」
ファンタジア文庫編集長
前期締切 8月末日
後期締切 2月末日
公式サイトはこちら！ https://www.fantasiataisho.com/
イラスト／つなこ 猫鍋蒼 三嶋くろね